深爱杀机

孙小孙 著

SHEN AI SHAJI

广西人民出版社

图书在版编目（CIP）数据

深爱杀机／孙小孙著. —南宁：广西人民出版社，2013. 2

ISBN 978-7-219-08170-9

Ⅰ. ①深…　Ⅱ. ①孙…　Ⅲ. ①长篇小说—中国—当代　Ⅳ. ①I247. 5

中国版本图书馆CIP数据核字（2012）第264260号

监　　制　白竹林
策划编辑　周月华
责任编辑　周月华
印前制作　麦林书装

出版发行　广西人民出版社
社　　址　广西南宁市桂春路6号
邮　　编　530028
网　　址　http://www.gxpph.cn
印　　刷　广西大一迪美印刷有限公司
开　　本　880mm×1230mm　1/32
印　　张　9. 5
字　　数　180千字
版　　次　2013年2月　第1版
印　　次　2013年2月　第1次印刷
书　　号　ISBN 978-7-219-08170-9/I·1611
定　　价　25. 00元

目录

第01节　飞来横祸

市区东部有片很大面积的白杨林，很早以前，这里是园林处一处苗圃遗址。随着城市不断摊大饼般向外围扩张，已接近市区，不，准确地说已经被市区边缘半包围的这片苗圃，早就失去为市内绿化提供花草树苗的作用。让老百姓十分赞赏的是，政府并没有把这片苗圃变成最赚钱的房地产开发区，而是作为城市森林公园保留下来。不但保留了原址，还保留了原来苗圃种植的大片白杨树苗。如今，这些树苗一株株全都长成遮天蔽日的大树。一到夏季，这片白杨林的气温，据说比烤饼蒸笼似的市内至少低两到三摄氏度。有这样一个夏季消暑纳凉的好去处，市民们全都认为政府为老百姓办了一件大好事。因政府的规划改造，参天茂密的白杨林下面修建了水泥林荫小道，安放了一些石凳座椅之类的休闲设施。又按照艺术家的审美视角，点缀了一些境界向上的小雕塑。这样一搞，除了那些老年人锻炼身体打扑克打麻将唱戏放鸟的，一对对小情侣粘在一起谈情说爱的，年轻妈妈年轻爸爸其乐融融地和孩子一起玩的，不知什么时候，这里又增添了跟艺术沾边的活动，有家长带孩子来这里练琴，古筝、琵琶、小提琴、萨克斯，悠扬的声音不时从林中飘出来。当然，跟艺术沾边最多的是画画，由于有了那些雕塑，好多家长都带孩子来这里练习素描，或者写生。

最热的夏季又到了。

这天星期六，吃过午饭，叶映红带着她七岁的女儿来到了这里。

“妈妈，一会儿会不会下雨啊？”

正画着画的女儿林小可，抬头望了望晴朗朗的天空。

“会吧。”

“怎么还不下啊？”

“下不下雨你不用操心，你没看妈妈带着雨伞？安心画你的画就是了。”

林小可不吱声了，望着天空扭动了一下小脖子，又低下头握着铅笔，嚓嚓嚓认真地画起来。

过了一会儿，林小可又抬头望了一下天空。

“妈妈，天气预报肯定报得不准，要是下雨，怎么天上看不见黑云彩啊？”

“一会儿会有的。”

“黑云彩从什么地方过来啊？”

"风会吹过来的。"

"可是……风从哪里来啊?"

"小可，你看你，你这问题妈妈也回答不了你，你长大了上了大学有了知识自然就会明白的。"

"可是妈妈，我什么时候能长大啊?"

"到你长大的时候就长大了。"

"看来妈妈也不知道我什么时候长大。"

林小可不满意妈妈的回答，嘴里嘟囔着低下脑袋继续画她的画。然而，才画了两三下，脑子里又蹦出下雨的事，接着就又抬起了头。

"妈妈，今天雨肯定不会下了。"

"这可说不准，夏天的雨说来就来的。不过，预报说是有大到暴雨，谁知道预报得准不准。"

"妈妈，要是下雨，下大了咱还去不去老师那儿啊?"

"怎么能不去？一个礼拜就这一次，别说下这点儿雨，就是天上下刀子咱也得去。"

"妈妈，天上怎么会下刀子啊?"

"你看你，心就没在画画上，竟问些没用的话，好了好了，再画一会儿，咱们就该走了。"

一听说一会儿就走，女儿没话了。

为让女儿将来上好大学，接着让女儿出国留学读硕士读博士，叶映红跟别的家长一样，对女儿也是从娃娃抓起。比别人家长不同的是，叶映红对一年级的女儿的时间安排得更加紧凑，双休日也不留一丝缝隙。周六上午参加英语班，下午学画画。周日上午参加奥数幼儿班，下午学钢琴，晚上还要去学游泳。叶映红是个小学老师，在本市一所小学教音乐，月薪两千八九百元。老公在一家叫月亮湾的美食集团公司任采购部经理，月薪加奖金也就三四千元。家庭虽然不富裕，除正常开支，应付这几项学费还是能拿得出。至于钢琴，现在还不能买，一是每月钱花得不剩多少，二是家里房子小，钢琴买回来没地儿搁。叶映红早就计划好了，一住上大房子，或者等女儿一上初中就买。

“妈妈，热死了，怎么风还不来啊？雨也不下。”

刚开始来这片白杨林，树荫下面还是挺凉快，小凉风一阵阵吹过来，真叫人感觉跟到了森林一般。这会儿居然没了一丝风，林子里确实有点儿闷热，难怪女儿画着画着又烦躁起来。

“再画一会儿吧，去老师那儿还早，去早了到老师家也是等在门口，还不如在这多练习一会儿呢。”

女儿看着妈妈眨眨眼睛，样子好像听懂了妈妈的话，接着就把小脸重新转向画夹。

现在城市家庭都一个孩子，要孩子学画画的特多。教叶映红女儿画画的这位美术老师，据说是中央美院毕业的，在北京不好找工作，就回来家乡开办了一个美术班。有中央美院一流美专这块牌子，相比其他美术班，慕名找上门的家长一拨接一拨。老师忙不过来，只好把一个下午分成四个时间段。叶映红给女儿报的是下午五点到七点。现在四点多了，叶映红决定再待一会儿，四点四十分离开这里。这个时间，也是每个周六下午来这练习后离开的时间。

“妈妈，不画了，不画了，天太热了，热得我全身冒汗。”

“小可，一个人不能吃苦是不行的，不能吃苦就上不了好大学，上不了好大学就不能出国。”

“我不出国，出了国见不着妈妈有什么好？”

“女儿长大了总是会离开妈妈的，你现在小还不懂。”

“我都七岁了，还说我不懂？”

“好了好了，再坚持一会儿，再过十分钟就走。”

叶映红跟女儿正说着，突然感觉天色暗了下来，抬头一望，刚刚还是蓝的天转眼变成了黄色，紧接着就有乌云压了下来。见状，叶映红赶紧催促女儿收拾画夹，她自己去一侧把放在树下的电动车推上了水泥道。等到女儿收拾好坐上电动车，天空没有闪电也没有打雷，豆大的雨点噼里啪啦就落了下来。

叶映红撑上伞，招呼女儿抓紧她后面衣服，电动车便朝老师家的方向驶去。

老师家位于这片白杨林朝南偏西的一个新小区，为方便去老师家，也为了给女儿练习画画找个较为安静的地方，叶映红一开始就选择了这片林子靠南距老师家较近的位置。这样，按照电动车一般的速度，从这片白杨林穿出去大约需要十分钟，从白杨林边缘到老师家也就是十来分钟。

叶映红撑着雨伞载着女儿行驶了两三分钟，雨点子就开始密集了，接着雨越下越大，冒着雾气水帘子般的雨线搞得眼前视野越来越模糊。这时候，撑着的伞已经不能完全遮住雨，叶映红和女儿几乎下半身衣服全被雨水淋了个透。叶映红后悔了，觉得应该停下来在林子里避一避，可一想，已经这样了还避个什么？还有，雨不知道什么时候停，这节课不能耽误。缺课或者不去，老师不会退钱。这也是叶映红打消停下来避雨的念头的主要原因。

冒着瓢泼大雨，叶映红转过一个弯，刚上了林子里一条大道，就在这时，叶映红突然听到后面有汽车轰轰轰驶过来的声音。说时迟，那时快，还没等叶映红反应过来往路边靠，只听到一声闷响，眼前一黑，叶映红什么也不知道了。

这一刹那究竟发生了什么，叶映红什么记忆都没了。这一刹那叶映红脑子里一连串思维，就跟视频突然定格一样变成一幅静止的画面，永久存放在叶映红的大脑硬盘里。

此时，叶映红躺在水泥道上，眼睛里映出天上瓢泼下来的倾盆大雨。

此时，叶映红可爱的宝贝女儿林小可水汪汪的小眼睛里，也同时映出天上瓢泼下来的倾盆大雨。

此时，画夹上刚画的那幅素描，被雨水冲刷得渐渐变成一片污迹。

此时，倒在地上的电动车后轮，依旧慢慢转动着。

第02节　凶手是谁

林必成获悉妻子女儿被车撞的消息，已经过了三个多小时。

傍晚八点多，警方的电话打到林必成的手机上，当时警方只告诉他有一女子带着女儿去画画，在那片白杨林发生车祸，两人伤得很重，已送至医院抢救室。林必成一听脑子里瞬间一片空白，握着手机的那只手，颤抖得差点儿把手机滑落地上，人也待在原地木桩子似的跟傻了一样。

接着，林必成飞速赶到那家医院，找到抢救室，值班医生告诉他两位伤者已被转移至太平间。一听到太平间三个字，林必成被吓得全身发软，也就是这三个字让林必成真正体验到了什么叫五雷轰顶。抢救室到太平间这段距离并不太远，而此时林必成感觉这是他有生以来走过的最漫长一段路。林必成头重脚轻，跌跌撞撞来到了太平间门口。

一进来，林必成不顾众人阻拦，挣脱拉他拽他的几只手，来到盖着白布的妻子和女儿面前。揭开白布的一刹那，林必成哇哇哇的哭声，顿时炸雷一样响彻了整个太平间。此时，一个男子汉对妻子对女儿的不幸，对妻子对女儿的爱，对妻子对女儿离世的悲伤，就像决堤的河口，全都涌泻出来了。

“谁干的呀?！我操他姑奶奶！究竟谁干的呀……”

止住哭声，林必成骂起来，就这几句，一直在他嘴里翻来覆去地重复着。

“必成，节哀顺变，还要注意自己的身体。”

林必成一进来看到妻子女儿，顷刻间极度悲愤爆发时，大家都面面相觑，没一个敢上前相劝。等到林必成情绪稍稍安定，月亮湾美食集团总经理岳大亮第一个开了口。

“必成，岳总说的对，节哀顺变吧，发生这样的事，大家心里都难过，你自己也不要太过悲伤。”

集团公司办公室主任娄云，跟在岳大亮后面也劝着林必成。

“凶手是谁呀?你们说呀?”

林必成先是冲着岳大亮，又看一眼娄云，接着把目光扫向大家。

“嬴丽接的电话，警方打到办公室，确认了你的身份，确认了你跟弟妹的关系，就把车祸发生的大概时间和地点还有伤者现在在哪里告诉了嬴丽，最后要走了你的手机号码。之后嬴丽马上跟我联系，发生这么大的事，放下电话我就带着大伙过来了……”

“凶手究竟是谁？谁报的警啊？”

“警察说了，是一起典型的肇事车逃逸，后面另一辆车报的警。”

“人呢？警察哪去了？”

“刚还在这，把现场经过告诉大家就出去了，说一会儿还过来，详细情况让嬴丽告诉你。”

说完，岳大亮跟他的助理嬴丽递了个眼色。

“接到警方的电话，真不敢相信是嫂子跟小可，当对方告诉我画夹子上面有林小可的名字时我一听就被吓蒙了。警方说，发生车祸的时间就是雨下得正大的那会儿，接到报警，警察随即赶到现场，也就是前后脚，120急救车也到了。警察说一点儿时间没耽误，现场抢拍了几张照片后，很快就把嫂子和小可拉去了医院。急救车一离开，警察这才详细询问了报警司机。那位司机说他车开到那时雨下得正大，突然看见有辆电动车还有人倒在前方，急刹车下来，这才知道刚刚发生了一起车祸。他说他没看到肇事车，因此也说不清楚是一辆什么牌子和什么颜色的车撞上了嫂子和小可。他还说电动车倒在地上后后轮还转动着呢，于是他赶紧打了电话报警。究竟是谁撞了小可还有嫂子，警察一开始怀疑报警车辆，可前前后后仔细检查那辆车，人家哪也没碰伤，而且报警车是一辆刚上完牌照办妥手续的新车。确认那司机不是肇事车，警察留下司机联系方式就让他走了。林经理，我知道就这些，发生这么大的不幸搁上谁也挺不住，我也劝你不要太过悲伤，嫂子和小可也不希望看到你这样。”

“我不悲伤，你们都放心，我林必成一定要查出这个王八蛋是谁。”

说完，林必成疯也似的转身就要奔向门口，岳大亮，还有办公室主任娄云抢过去把他拽住了。

“必成，你要去哪？”

“必成，冷静些好不好？”

“你们要我怎么冷静？警察找不到那个王八蛋我去找，我去事故现场看看。”

“发生事故那会儿下着大雨，现场早被冲刷了，你去那儿有什么用？何况都过去三个小时了。”

“三个小时？过去这么久警察才打来电话？他们根本不把我老婆女儿当回事。”

“哦，对了林经理，刚忘记告诉你。”嬴丽突然想起来了，“警察说，他们到了现场，拍完照接着就是确认嫂子和小可的身份，从嫂子衣兜里翻出手机，发现手机被雨水浇湿已经打不开了。后来发现小可的画夹有小可的名字，又分析出嫂子带着小可肯定是去画画的。有了这个线索，警察多方打听，了解到那片白杨林南边小区有个办美术班的老师，等警察找到那个老师，这才获悉小可的爸爸在咱们月亮湾美食集团，之所以耽误这么久，就是这个原因，应该说那段时间警察没闲着，他们尽责了。”

“必成，你看看，出这么大的事，警察怎么能怠慢哪？”

嬴丽说完，岳大亮接上话。

“我老婆女儿没了，凶手找不到，就这样了了？”

“必成，怎么会呢？”这时，一直拽着林必成的娄云松开了手，“刚警察说了，他们去调白杨林那一带路口的录像了，接着自然就是一辆一辆地排查，如果发现哪一辆车前面有被撞坏的痕迹，那有可能就是肇事车。不过，你得给人家警察时间。发生这么严重的事故，警方不可能不管。你这样冲动我们大伙都可以理解，你说你去现场，你到了那儿能发现什么？如果有撞下的碎片警察早拿去了，你去那儿有什么用？还能发现什么？”

“白杨林那儿人那么多，难道就没有目击者？”

“你看你必成，脑子全乱了。不错，一到夏天，尤其周六，白杨林那儿人是很多，可下那么大雨谁还会在那儿待着呢？如果真有目击者，就不会有后面车辆报警了，你说是不是？”

“必成，娄云劝你，我也劝你，大伙都劝你，你就不要固执了。”

岳大亮一边说，一边把林必成拉回房间。

“不是我固执，是我老婆固执，早上我还告诉她今天有大到暴雨，下午就不要带孩子去画画了。她说离下午还早着呢，我的话耳边风似的她根本没当回事。这会儿说这些全都是废话，就算废话我也得说，要是雨上午下，下午肯定就不会出这样的事，老天偏偏一上午晴朗朗的没掉下一滴雨，吃过午饭，我又告诉她雨可能是在下午下，她说有时候天气预报报得不准，还是执意要去，谁知道这一去……”

林必成讲到这里，呜呜呜又哭起来。

此时整个太平间只有林必成沉闷的哭声，大伙谁也不知道再用什么话安慰他。

过了一会儿，林必成又诉说起来。

“我老婆她太固执了，固执起来简直不能让我忍受。我说她固执，她说这不是固执是她自己要强。你们说，这哪里是要强啊？就说我女儿小可，她一直嚷嚷着要把女儿送进清华或者北大，将来还要让女儿出国读硕士接着读博士，我说女儿才这一点儿大，她知道女儿以后上了初中高中成绩会怎么样？她知道女儿以后的智商会怎么样？这些都是未知数，她怎么能保证女儿上清华北大啊？我说她对女儿期望值这么高，我说她这是按照自己的幻想规划女儿，我说她给女儿增加那么大压力会把女儿的人生毁掉的。我老婆反驳我的话你们谁都想不到，她说，培养孩子就跟造汽车一样，一开始你想造奔驰，将来造出来的就是奔驰。你们听听，我老婆这话多么荒唐。人是有生命的，不能跟机器比，尤其小孩子，有时候你让他做什么他不见得听你的，如果都跟机器一样就没有听话与不听话的孩子了。这道理我讲给她多少遍，她就是想不通，她一根筋认准了培养孩子就跟造奔驰一样，固执得真拿她没办法……”

“林经理，嫂子固执也是为了小可，嫂子对小可抓得紧，想培养她将来上清华这没有错……”

妻子都死了，林必成还在抱怨她，嬴丽有些于心不忍。

“我没说她错，我只是说她固执。女儿也不是不聪明，将来也不是没可能上清华北大，我心里难过是因为她管孩子太严。作为母亲不能说她不爱女儿，可她这种爱是苛刻的，苛刻到简直不能容忍。可以说，女儿在她的爱或者说呵护下就跟监狱犯人一样没一会儿自由。几点钟睡觉几点钟起床，几点钟洗脸几点钟洗脚全按照她规定的时间，女儿吃饭怎么坐筷子怎么拿，吃到嘴里东西怎么嚼什么时候喝水什么时候吃水果，这些都在她管辖范围，甚至每次喝水吃水果的量她都有严格规定。路怎么走，衣服先穿哪件，鞋子怎么跟衣服搭配，刷牙挤多少牙膏，见了叔叔阿姨怎么打招呼，这么细的规定，女儿一做错她就开始指责了，搞得女儿整天六神无主无所适从。女儿一岁就开始接受她双语教育，规定一天认几个汉字，一天认几个单词，而且汉字和单词对应着教。女儿再大一点儿，又加上学背唐诗，一开始一天背一首，女儿实在背不下来，就变成了三天一首。我一次次跟她讲，孩子太小，还没到记忆年龄，即便学会背也是很快忘掉的。人的记忆年龄多数都在五六岁，很少有人能记住这个年龄之前发生的事，想想自己五六岁以前还不清楚啊，可我的话她就是不听。现在，女儿大了，应该说到学习的年龄了，她给女儿的安排更紧凑了。英语班、钢琴班、幼儿奥数班、游泳、画画全齐了，就这她还不满足，说什么不但把女儿送进清华北大，还要把女儿培养成真正的才女，每周再各加一个书法和国学班。天哪！我老婆简直疯了，我女儿在她手里一天福没享啊。她爱女儿这没错，可她不能这样啊，女儿自然天成的童真乐趣全被她所谓的爱给扭曲了……今天吃完午饭，女儿离开时跟我说再见，当时我就发现女儿脸上现出了不情愿，可是她，她硬拉着孩子走了，这会儿一想起那一幕，一想起女儿那张不情愿的脸，我就心如刀绞……”

说着说着，林必成又哇啦一声哭了。

第03节　诈钱男人

“谁押谁押，押3押8一压就发……”

“快来吧，一押就发啰！”

魏前峰蹲在地上，手里拿着三个白色大酒盅道具，魔术般变换着。而另一种道具是三个两厘米见方的白色硬纸片，小硬纸片正反面各写着数字3和8，3和8大小跟小红豆差不多。当魏前峰用一闪的速度，分别把小纸片扣在大酒盅下面时，接着嘴里就喊叫起来。究竟每个酒盅下面面朝上的是3还是8，这就要看魏前峰那一闪的速度和下注人的眼神儿了。

魏前峰前后左右围了一圈人，圈内站着一个看了很久的戴眼镜的胖老者，他有点儿蠢蠢欲动了。当魏前峰又一轮开始时，眼镜老者手在衣兜里摸索起来。这时，也挤在眼镜老者身旁观看的他的老伴，一把抓住他，生拉硬拽把他拖出了人群。

“这都是骗钱的，你怎么动真的呀？真是老糊涂了。”

"我一个教授还不比你清楚？他们肯定是在骗钱。可是，他们骗的是概率，就跟开赌场一样，赢的人总是比输的人少，但总是有人赢的。这种把戏也一样，如果一次不让下注者赢，这种把戏就没人玩了。刚输一百元钱的那个男人是他眼神儿不好，我一开始看得清清楚楚不是8，是个3，翻出来果然是3。下二百元钱的那小伙子跟我看的一样，果然赢了。"

"小伙子是个托儿，我都看出来了，你怎么这么糊涂？"

"不错，就算小伙子是托儿，可刚才那妇女呢？你肯定没留意，我可是一直盯着她呢。那妇女先输掉五十元钱，后来赢了一百元钱，净赚五十元钱后她就溜掉了，我一直望着她上了大路……"

老伴拗不过教授，教授挣脱老伴又挤进人圈里。他心想，先下十元钱试试，那家伙肯定不在乎这点儿钱，肯定让自己先尝个甜头，尝到甜头赚上十元钱走人，看谁聪明。结果，教授没想到，掏出十元钱下注，魏前峰一句话没有，抓住十元钱扔在一边地上，接着继续吆喝。围观的一起起哄说他年龄那么大没钱别玩，别来这捣乱。教授当众出丑，脸上架不住了，牙一咬掏出五十元钱压了上去。长话短说，教授五十元钱眨眼间变成了肉包子打狗。花五十元钱买个教训也就算了，偏偏教授杠上劲了。明明看清楚是3，怎么掀起酒盅变成了8？教授不服输，接着掏出一百元钱，又输。再接着想翻本，掏出两百元钱压上。结果出来，教授终于不跟钱较劲了。教授一脸尴尬，“怎么就一次甜头也不给啊……”他一边嘟囔一边红着脸挤出了人圈。

出来，老伴问他赢了还是输了，教授拉着脸不说话，只管走他的路。

魏前峰早就屁眼当口憋着一泡屎，骗走教授三百五十元钱后，实在憋不住了，赶紧收摊，朝众人大喊一声去解决问题，回来接着干。魏前峰边喊着边跑，眼睛还不断扫视着解决问题的最佳位置。

这片白杨林中心地带人最多，魏前峰玩他的诈钱把戏也正是在这里。一内急，魏前峰首先想到去林子里找个人少的地方解决。于是，魏前峰一路往南跑，当跑到人稀的地方进入林子里脱掉裤子时，天上钱大的雨点子呼啦啦就落了下来。几分钟后，等到魏前峰办完事提上裤子，雨已经下得很大了。

魏前峰来到林子边，看到落在水泥道上的雨冒着烟，这才意识到雨远远比在林子里感觉大。这么大的雨这会儿不能走，还是在树下避一避吧。魏前峰站到一棵粗树下，掏出一支烟，点上，两眼盯着水泥道观看着雨什么时候小下来。这时，一辆黑色轿车从眼前疾驰而过。魏前峰看清了，是一辆黑色奥迪。魏前峰心里嘟囔着：下这么大雨，开那么快干啥？赶着奔丧啊。”

魏前峰脑子里蹦出“奔丧”，接着就跟车祸联想在一起。抽完最后一口烟，烟屁股弹出去一刹那，魏前峰突然意识到好像刚才听到嘭的一声闷响。魏前峰下意识从树下迈出两三步走到林子边，向奥迪来的方向望去。这一望，魏前峰大惊，二十多米远的水泥道上先看到横着一辆电动车，接着看到有个大人好像还有个小孩子两人躺在地上。

“是那辆奥迪干的，怪不得开那么快，原来真的撞人了。”

魏前峰朝出事现场迈出去也就两三步，立刻转身又缩回了林子里，“奥迪你撞人不报警也不管人家伤怎样死没死，你连车都不停一下没事一样一溜烟逃跑？你他娘的还是不是东西？”

“哦，对了，车牌号，怎么没看一眼牌照啊？”

“不行，得赶快抄近路追上那个王八蛋，记下他车牌号码。”

“可是……”

顺着魏前峰眼前这条道，奥迪车大致是由北向南方向疾驶过去的。不出林子，前边有个岔道，一条东南方向，另一条西南方向。如果奥迪到了岔道向东南方向驶去，魏前峰转过身穿过林子极有可能抄近路追上。反过来，如果奥迪朝西南方向驶去，那就不可能追上了。

想起前边岔道，魏前峰犹豫了。

“先报警……怎么也得先报警，人被撞在了地上，即便不出人命肯定也伤得不轻，这种情况，再没良心也不能看着不管。何况把人救活，很可能家属为了感激自己还会给一份回报。”

说着魏前峰就往兜里摸，刚掏出手机，突然听到现场传来刺耳的刹车声。魏前峰赶紧伸出脑袋向出事方向望去，大雨中一辆红色小轿车停下了。接着就看见车主打开了车门，冒着雨下来掏出了手机。

有人为受害者报警，魏前峰不图那份回报了。

重新缩回到林子里，魏前峰脑子里预谋起另一份更大的回报。

“开着奥迪，肯定是个有钱人，说不定还是个大老板呢。”

“不，也不一定，说不准是个政府官员，真要是个大官，那油水才大呢。”

魏前峰越想越觉着有戏，越想越觉着钱找上了门。找上门的钱带来了动力，魏前峰又冒出抄近道去追碰碰运气的意念。可是，看着雨下得这么大，自己没带雨具，魏前峰又一次打消了去追的念头。

放弃抄近路去追，并没有放弃查找那辆奥迪车。

魏前峰一直躲在林子里，看到警车和救护车先后到来。把伤者抬进救护车拉走，警察询问报警车主，之后警察搜索现场，这一切做完走人。现场那边只有雨声，再也听不到其他动静了，这时候，魏前峰脱掉上衣蒙在头上挡雨，沿着林子边朝出事地点走过去。

“开那么快，撞上一辆电动车，奥迪车的前面怎么也得掉下点儿东西吧？塑料保险杠就不说了，前大灯应该会撞坏吧？那都是塑料片，只要有东西碰一下就会坏的，一坏肯定有碎片掉下来。怎么会没有啊？难道警察全部捡走了？下这么大雨，警察搜索现场应该不会很用心吧？”

只有两车宽的水泥道上，被雨水冲刷得干干净净。别说前大灯塑料碎片，道上就连一个豆大的小石子也看不到。魏前峰开始在道两边草丛里寻找，搜索范围先确定两边十米远的距离，篦子似的搜索完两边十米，没有。魏前峰又把两边十米由原来宽度一米往林子深处加宽到两米，篦子似的又过了一遍，还是没发现任何跟奥迪有关的物件。等到魏前峰把搜索加长加宽到更大范围，而且是以二十米直径的蚊香轨迹仔仔细细重新过了一遍，依然没发现奥迪前大灯碎片。至此，魏前峰彻底失望了。

魏前峰整个衣服全被浇透了，跑回林子正要把头上蒙着的上衣拿下来拧干，猛然间朝天打了喷嚏。当喷嚏爆发出来时，魏前峰忽然意识到自己干了一件蠢事。

“各个路口都有探头，调出录像分析，那个王八蛋的奥迪车肯定能找到的。”

想到这，魏前峰握紧上衣，朝树上恶狠狠地猛摔了一下。

第04节　儿子失踪

市第一幼儿园门前，一到接送孩子的时间，整条街人声鼎沸热闹非凡。自行车电动车小三轮小汽车，凡能接送孩子的交通工具全涌到了这里。自行车见缝插针在人群里吆喝着找空隙，电动车小三轮各自发挥自己的优势一个劲地按着电笛，小汽车车主素质也不高，喇叭声更是急促。各种车辆发出的噪声，与唧唧喳喳等着接孩子的家长发出的喧嚣混杂一起，加上沿街两边卖小食品的卖小玩具的买小孩服装的卖启蒙教育用品的等等叫卖声，真的把这条不宽的街搞得比农村集市还拥挤混乱。

实话说，每个下午接孩子，每一个家长都想在第一时间把孩子接走。

可是，这几年，幼儿园门口丢孩子的事在全国范围内时有发生。尽管市第一幼儿园还没发生过，但只要报道其他地区有这样的案例，幼儿园领导就感到十分紧张。为了孩子安全，也为了园方责任清晰，幼儿园想到了一个好办法：那就是凭票接孩子。这意思，就跟电影院一样，家长交一张票，园方放一个孩子出去。

市第一幼儿园有好几百个孩子，没实施票接时就慢，凭票后就更慢了。

这就使众多家长接孩子得花更长时间。

周五下午五点，苏晚霞来接五岁的儿子岳小亮。今天还算顺利，苏晚霞在门口等了十来分钟，就听到喇叭里喊出儿子的名字。苏晚霞赶紧挤到幼儿园唯一的出口，递上票，岳小亮喊一声妈妈，确认无误，园方放出岳小亮，苏晚霞就带着儿子出来了。

苏晚霞牵着儿子的手，刚走出十来米，就看见路边站着单位一同事，两女人一见面就聊上了。按照苏晚霞后来回忆，当时跟同事也就聊了五六分钟。与同事分手离开时，苏晚霞转身不见了儿子，这才猛然意识到儿子不知什么时候挣脱了她的手。看着身边到处是人，急得苏晚霞眼泪都快滚下来了。苏晚霞嘴里喊着儿子的名字，眼睛雷达一样扫视着每一个可能有儿子的地方。卖玩具的卖小食品的，苏晚霞来来回回把整一条街两边的小贩摊位找了个遍，就是不见儿子岳小亮的人影。苏晚霞意识到问题严重了，心头一堵眼泪扑簌簌涌出了眼眶。苏晚霞赶紧掏出手机，冲着手机泣不成声地告诉老公火速赶过来。挂掉手机，苏晚霞开始了又一轮寻找，喊儿子的声音也越来越大。近乎疯了似的再次在人群中穿梭几个来回后，依旧看不见儿子也听不到儿子回应，苏晚霞一屁股坐在地上捂着脸呜呜呜哭出声来。

发现苏晚霞孩子丢失，单位同事还有其他好心家长都帮着找，最终全是徒劳。

等到岳大亮赶来，幼儿园门前的人已稀稀拉拉了。

“还没找到？”

……

“这……这孩子能去哪？”

……

“晚霞，别哭了，孩子不会丢的，可能这会儿迷路在了哪。”

“是不是又回幼儿园了？！”

苏晚霞止住哭声，站了起来。

两人来到幼儿园询问老师，老师说没看到岳小亮返回来。老师带着他们上楼，把岳小亮能去的教室宿舍以及犄角旮旯包括厕所，上上下下整栋楼全找了一遍，还是不见岳小亮影子。

“大亮，没指望了，报警吧！”

两人从幼儿园出来，又在门口那条街上仔细询问了那些正在收摊的小贩，人家都说没看见。

“先别，再找找看，说不准儿子自己回家了。”

“怎么会？儿子这么一点儿大，家那么远，不可能自己回家。”

“晚霞，是不是你爸爸接走了？”

“没说让他接，他怎么会突然接走，就是接走他肯定给我打电话。”

“给你家说了没？”

“告诉家里，我爸爸肯定骂我，每次他都说，幼儿园门前人多，一定要看紧孩子，没把孩子放到车子上之前，手绝对不能撒。可是刚才遇上同事那会儿，我一直感觉手抓着孩子，谁知道……”

“这会儿说什么都没用，不过你以后一定得记住，女人都是单向思维，跟男人放射思维不同，说话就想着说话，买东西就想着买东西，身边的包手里的孩子脑子全顾不上。”

苏晚霞打来电话，岳大亮一听头就大了，赶紧开着车赶过来，在幼儿园门口见到老婆哭哭啼啼，心里窝着一肚子火也不敢发。

幼儿园门口彻底没指望了。岳大亮沿着路边开着车，苏晚霞骑着电动车，不时往人行道上寻找儿子的身影，一路上没看到儿子。他们十来分钟后到家，家门口也没有。又在小区里找了一遍，还是没有。接着又跟所有认识的在一个幼儿园的小朋友家长统统打了一遍电话，返回来信息全都说没看见。

“大亮，儿子肯定被拐走了，再不报警……”

“你认为小亮被拐走了？”

“这还用说吗？真被人贩子拐走，把小亮弄残……”

“怎么会？你不要想太多。”

“怎么不会？报纸上网上全都有这样的报道，真要那个结果，我不一头撞死也得疯。”

“小亮不一定是被拐走。”

“不是拐走是什么？”

“你想想，幼儿园门口那么多孩子，也不是每一个家长都抓着孩子的手，为什么偏偏拐走咱小亮？”

“那……那你说小亮是……”

“被绑架”三个字突然从苏晚霞脑子里蹦出来。

手机里一听说儿子丢失，岳大亮隐隐约约就冒出小亮被绑架的念头，这跟岳大亮的月亮湾美食集团公司这几年的发展有关。五年前，父亲癌症病故，岳大亮从父亲手里接下这家规模还不算大的公司，说规模不大是指连锁店数量，当时不叫集团公司，只是一家大型超市，名字全称为月亮湾美食城。这之前，岳大亮的父亲是老商业食品门市的一名经理。改革开放初期，岳父先是承包经营，由于头脑灵活，规模越做越大，经营品种也越来越多。超市概念引进国内，岳父大胆尝试，按照超市理念，经营上除把老百姓最日常所需的蛋肉米面油盐酱醋茶上架，还增加了面条饺子烧饼油条大麻花一系列面食现场制作，总之一句话，老百姓家里需要的在岳大亮父亲的月亮湾超市全能买到，这在当时那个年代让老百姓耳目一新，蜂拥而至。岳大亮父亲的这个美食城一下子叫响了全市。接着就是改制，岳大亮父亲一夜间变成股份比例最大的老板。等到岳大亮接手时，月亮湾美食城已由原来路边三百来平方米一层门市，变成一座四层高经营面积达一千多平方米的大型食品超市了。长话短说，岳大亮接手过来，在原来的基础上五年间又有了更大的发展。也是赶上房地产建设大好机遇，新小区如雨后春笋。一个月亮湾远远不能满足老百姓需求，在政府关怀和大力支持下，五年间增添了八座规模跟老月亮湾差不多的大型超市，还增添了不计其数的小规模连锁店。月亮湾名副其实变成集团公司，而岳大亮自己身价不但上了亿，更让他感到有成就感的是，他可以跟市领导打电话，并约在一起吃饭。在市领导那里他变成一个有话语权的人物，另外，上报纸上电视那就更不在话下了。

岳大亮不能算名人，但，全市老百姓都知道他。

有了上亿身家有了一定知名度，相反，带给岳大亮的还有一个藏在心底最讲不出口的担忧，那就是儿子的安全问题。尤其儿子上了幼儿园，这个担忧几乎每一天都伴随着他。按照他现在的财力势力，安排两个保镖车接送并不是一件大事。可岳大亮认为，孩子丢失就像地震一样发生的概率很小，平时一直雇两个保镖接送孩子搞这么紧张动静闹这么大简直让人笑话，何况经年累月没有异常情况下，保镖也会产生麻痹心理。

因此，接送儿子的安全问题，成了岳大亮一块心病。

岳大亮是第一代独生子，虽说父亲不在了，但母亲身体还硬朗朗的可以接送孩子。苏晚霞也是独生女，爸妈退休在家也可以接送孩子。但，让他们老年人接送，岳大亮不放心。想来想去，还是让在政府部门上班的妻子苏晚霞接送最保险。然而，岳大亮怎么也没想到，妻子跟同事聊了就那么一小会儿，儿子就不见了。

“大亮，你意思是，孩子被绑架了?”

“咱再去找找看，实在找不到……”

“实在找不到就晚了，你不报警，我去报。”

“刚丢失这么一会儿，警方受不受理?”

“凭什么不受理？不受理也得去。”

苏晚霞边说着，边不顾岳大亮阻拦，从包里掏出了手机。

第05节　铁索桥下

树荫下的便道上，人流行色匆匆。双手插进裤兜的娄云，却绅士一般不慌不忙迈着四方步。貌似淡定的他，实际上眼睛没闲着，他心里惦记着一个让他永生难忘的女孩，这女孩叫苏晚霞，他一直想着在来来往往的人流中发现她。

突然，前边不远，一个碎花长裙黄色上衣女孩的背影让他心头一震。视线里，那女孩走路的姿态怎么看怎么像苏晚霞，发型也像，哪都像，没错，就是她，是苏晚霞。娄云一激动，步子就加快了。

“苏晚霞……”

娄云感觉他步子加快，他认为是苏晚霞的黄上衣女孩，也加快了步子。这时，娄云急出一身汗，挥出一只手就朝前边女孩喊。市中心虽然噪音大，但娄云感觉他发出的声音她应该能听到。可是，前边的黄衣女孩没任何反应，继续走她的路。

娄云不相信追不上她，再次加快步子。看着前边黄衣女孩与他距离还是那么远，娄云再也顾不上绅士风度了，三步并作两步大跑着追了上去。而黄衣女孩就跟感觉到了一样，不回头，也拼命跑起来。

“苏晚霞！是我，我是娄云……”

尽管娄云边追边扯着嗓子喊，依旧保持一定距离的那女孩，头仍然不回。

转眼间，黄衣女孩从娄云视线里消失了，娄云这才发现前边有一条小街。前后左右定眼观察，确认黄衣女孩拐进那条小街，娄云闪电般也拐了进去。

没有。踮着脚伸着脖子张望，整个街看不见黄衣女孩人影。

娄云感觉奇怪，那女孩明明拐进了这条街，怎么会没有呢？可是，没有就是没有，眼睛望穿了还是没有。十分沮丧的娄云，只好顺着小街往前，又绅士般迈着四方步溜达起来。

娄云来到小摊前，买了一瓶矿泉水。

打开盖，刚仰着脑袋喝下一口，余光又看到了那女孩。

娄云以闪电速度盖上矿泉水，又以闪电速度撒腿追过去。黄衣女孩还是跟有感觉一样，娄云跑，女孩也跑，娄云快跑，那女孩也快跑，娄云试着慢下来，女孩也慢下来。娄云想：怎么回事？怎么会发生这样奇怪的事啊？苏晚霞不是短跑冠军，更不是长跑健将，她能跑多快我娄云清楚得很，怎么我一个男人这会儿就追不上她呀？

穿过这条小街，前边是市区最宽的一条大马路，马路两边有很宽的绿化带。

黄衣女孩拐去大马路，娄云也拐过去。这次女孩没在娄云视线里消失，加上视野开阔，后面紧追着的娄云心想着苏晚霞再也跑不掉了，于是，信心大增，身子也如同插上了翅膀。

“苏晚霞！是我，你等等，我是娄云……”

黄衣女孩突然停下来，转身，一脸冷漠。

“谁是苏晚霞？”

娄云眨着眼睛，望着眼前这个陌生女孩，愣怔的他一句话也说不出来。

女孩转身，嗒嗒嗒走了。

留下垂头丧气的娄云，一屁股坐在了路边一个石凳子上。

那女孩刚刚离开，娄云感觉突然有双手从后面蒙住了他的眼睛，娄云被惊得一愣。

“猜猜我是谁？”

“你……你是……你是苏晚霞？！”

“不错，我才是苏晚霞呢。”

苏晚霞笑声一串，转过来，挨着娄云坐下了。

“娄云，你发什么神经？一直追那个黄衣女孩干吗？”

“你看到了？”

“当然，我在你后面一直追你，还一直喊你，你跑得好快。”

“你说什么？！你在我后面？”

“是啊，我在小街闹市区那里就看到你了，一路喊你你就是不回头，把我气死了。”

“什么什么？！你说你在闹市区那儿就看到了我？”

“这还有假？可是，一拐进小街就不见你了，后来又突然看到了，你那会儿上哪了？”

“我……我就……不说了不说了，咱俩见了面就好，有十几年了吧？”

“可不是嘛，高中一毕业就再也没看着你，你这么多年哪儿去了？害得我到处打听你，都问遍了就是没有你的消息，还以为你从这个地球上消失了呢。”

“苏晚霞，这我得问问你了，你到处找我干吗？”

“我爱你呀，初中时候就爱上你了，你忘记了？咱俩在一起你不记得了？你看你，愣愣的样子……你这人怎么这么健忘啊？”

“这么说？你爱我？爱我娄云？”

“是啊，这么多年找不着你，我就跟林必成结婚了。”

“你说什么？跟林必成？你不是跟……”

梦做到这里，娄云突然醒了。

“真见鬼了，怎么又梦见了苏晚霞？日有所思，夜有所梦，可是，白天忙得那么狠，没想她呀？怎么她又到梦里来了？还说爱我，还说跟林必成结婚，真是糊梦颠倒乱七八糟的。”

夏天夜短，娄云睁开眼睛时，天已经大亮了。

娄云一边回味着梦里的甜蜜，一边伸手从床头柜拿出一个软皮日记大本，又拿出一支笔，背靠着床头，又一边思索着，一边在日记本上刷刷刷记起来。

十几年来，苏晚霞来到娄云梦里多少次，娄云已经记不清了。有一点他清楚，隔三差五每个月都有一两次。一开始梦醒后只是笑笑而已，发生次数多了，娄云心想着这些梦应该记下来，等老了翻翻有个美好回忆也不错。于是，娄云一梦到苏晚霞，就拿个软皮日记大本记录。

“总是看见你醒来写东西，写什么呢？是不是跟谁写情书啊？老是问你你不告诉我。”

“什么情书？一直想写一部小说，突然想起一些情节，不记下来一会儿就忘。”

“你想写小说？想当作家？”

“是啊，怎么？作家怎么了？我娄云就不能试着当一当？”

“算了吧，还是该干啥干啥吧。”

妻子罗明珠没多少文化，对娄云写小说想当作家嗤之以鼻。娄云不跟她计较，头也不抬，半开玩笑地跟妻子撒着谎。说了几句后，闷声继续写着刚才他那个梦。

娄云从初中开始就爱看闲书，成绩除了语文，数理化一塌糊涂，英语也不好。进入高中报了他一直喜欢的文科，而且在班里名次还算不错。由于考上的不是重点高中，最后考上个省属一般大学的三本。娄云学的是市场营销，娄云现在才知道，这种专业说是个专业还真不专，不上大学也人人都懂，跟人家学软件学法律有特色的专业不能比，加上这种专业热门的年代早就过去了，更重要不是名牌大学，娄云拿到文凭去了北京，招聘会上人家一看到他这专业，这一般学校三本学历就连连摇头。长话短说，在北京混了一年多实在混不下去了，娄云只好打道回府。家乡这个三线城市工作倒也好找，就是工资不高。最后，娄云在一家规模还算大的酒店做了大堂经理。

“我说娄云，你就别写了，你写不成，说点儿正事吧。”

“什么正事？”

“还有什么正事？孩子呗！我去医院检查过了，医生说我输卵管阻塞，卵子过不去。”

“那怎么办？”

听到妻子输卵管阻塞，娄云并不感到吃惊，这之前他自己偷偷去了医院检查，他知道不是他的问题。

“你看看，咱俩结婚一年多了还没孩子，总得想个办法吧？”

“想什么办法？”

“治呗。医生说了，实在不行就做手术。”

“怎么动不动就做手术啊？现在医学这么发达，怀不上孕不是件大事。”

“那也得治啊，医生还说，不愿做手术就体外受孕，也就是平常说的人工授精。”

“体外怀孕把受精卵放进去，不也得挨一刀啊？这跟做手术一样的。明珠，咱俩结婚才一年多，你急什么？不用治疗慢慢就会怀上的，实在不行找个中医吃点儿中药。”

“全告诉你吧，医生检查说我先天性输卵管细，还跟绳子一样扭曲着，两侧都是这样，医生说这种情况吃中药怀上的可能性几乎没有，必须做手术或者人工授精。”

“明珠，过一阵子再说吧，咱俩都还年轻，怀不上孕正好没孩子拖累，咱俩多玩几年，你说是不是？”

“可是……”

“什么也不说了，该干啥干啥吧。”

娄云作为酒店大堂经理，一周只休息一天，有时候周日，有时候周六。今天周六，正赶上娄云休息。由于没孩子拖累，一遇休息，娄云喜欢一个人去山里钓鱼。

跟妻子说是去钓鱼，事实上娄云是打着钓鱼的名义捎带着去办一件对他来说很重要的事。这几年他隔三差五一直做梦，一直梦里梦见苏晚霞，也一直记录着他那些美好梦境。说实话，妻子罗明珠一直不知道娄云写的是什么，因此对他写的那些东西也并不感兴趣。如果让她看见，肯定不是一场风波能说清楚的事。结婚前就不说了，跟罗明珠结婚后，将那些描写梦境的记录一直在家里藏着娄云心里不踏实。去山里钓鱼，娄云常去的一个地方叫牤牛河，牤牛河上有一个清代建造的铁索桥，娄云在桥下石缝里发现一个很秘密的小石洞，小石洞在石缝里侧开口。娄云试着把他常带鱼饵用的小茶叶铁盒往里放，让他惊喜的是，茶叶盒刚好放进去。接着，再给石缝补上一块不规则石块，这一搞，绝对不会被任何人发现。从此以后，每梦见苏晚霞一次，每一次写出来的梦境，娄云都打着钓鱼的名义，来到这里把他的梦藏在这个他认为最秘密地方。

“明珠，我去钓鱼了啊。”

写完梦，吃过早饭，与妻子打声招呼，娄云推出电动车离开了家。

第06节　邪门的爱

老城区向东延伸，有一条叫中山路的主干道穿过那片白杨林，而在白杨林西边有一条南北环线，中山路与南北环线交汇处，形成一个比较大的十字路口。一般去白杨林，从老城区过来的车辆都要通过这个十字路口。但这并不是到达白杨林的唯一通道，中山路北面和南面还有好多条路，甚至穿过大路之间的小街小巷都能到达那片白杨林。

在众人阻拦下，林必成守着妻子女儿一夜未动。第二天一早，他来到了交警事故科这里。

“你看，各个路口情况都给你介绍了，别的路口不说，单说中山路这个路口，通过这里的车辆，目的地究竟是那片白杨林还是穿过白杨林去往东部县区，这些都不能确定。刚才你也看到了录像，下大雨那会儿，探头视线模糊，每辆车的车牌号根本分辨不清楚，确认不了是哪辆车。下雨那会儿即便探不到车牌号，至少能确定是什么牌子什么颜色的车，这样，范围就小多了，我们可以把这个牌子这个颜色的车调出来，用少量的人力一个个走访调查，找到哪辆车前方有撞伤，那辆肯定就是肇事逃逸车辆了。这是没出车祸前的情况，相反，车祸发生后，肇事者知道自己撞了人，从白杨林出来，他肯定不会去就近有探头的路口，肯定绕个大圈从很远的地方回到市里，这样，相比车祸之前就更难排查了。”

“能不能去各个修理厂还有4S店排查一遍?”

“各方面的排查我们已经有安排了。”

“白杨林那里人那么多，难道就没有目击者?我是说没下雨前，难道就没人看到有车停在林子里?我一直觉着那辆车也是去白杨林那儿玩的，没准车里带着老婆孩子，如果不是这样，肇事车没理由从别的地方穿过林子过去。”

“这不好说，咱报纸电视上都报道了，到目前为止，还没有找到现场目击者，也没人打电话报告说他下雨前看到过林子里有某牌子的车。”

“能否请再报道一次，这次最好加个悬赏?悬赏的钱由我来出。”

“你妻子女儿遭遇了不幸，我们可以理解你的心情，不过，我们没这个先例。”

看来悬赏这个事情只能自己来做了，林必成转身刚要走，突然又问了一句。

“那个王八蛋是不是故意撞的?”

“还不能下论断。你跟谁有仇吗?”

“我没仇人，我意思是你们现场的分析。”

“我们到了现场，现场已经变成静止状态，肇事车从哪里来不清楚，你妻子载着女儿是顺着肇事车方向走还是突然从林子里小道上冲出来，这些都不清楚。不过，发生这么严重的事故，我们肯定会分析研究的。按照我们的分析判断，肇事车顺着林子里较宽的那条水泥道，从林子东边方向开过来，车子顺着这条道，前边有个向南偏西方向急转弯，急转弯再往前，林子里小路有个出口，距离急转弯大约二十来米，很可能你妻子一出小路口，下着大雨肇事车车主看不清楚就撞上了……”

一切都清楚了，一两天时间找到那个王八蛋，看来不可能。

在月亮湾美食集团公司总经理岳大亮带头操办下，配合叶映红学校领导，林必成哀哀怨怨安葬了妻子和女儿。

一进家，林必成感觉家里空荡荡的。

实际上不是家空，是人空了，是林必成的心空了。

眼睛盯着沙发，一眨眼看见女儿小可在沙发上玩耍，接着就听到“爸爸，你来，你来呀”的女儿尖细柔美的声音。林必成走过去坐沙发那儿，如果是平常，女儿肯定会把自己的两只小手，合成一个喇叭状，对着林必成的耳朵说一些悄悄话，内容肯定是告妻子的状，说妈妈对她多么严，只让她玩一小会儿。每一次，林必成就会被女儿呼出的热气搞得耳朵发痒，一发痒，林必成抬手就去搓搓耳朵。这会儿，林必成坐在沙发那儿发着呆，感觉女儿又对他说悄悄话了，手习惯性地伸过去摸着耳朵搓起来。

厨房有声音，靠着沙发发呆的林必成突然朝厨房望过去，妻子叶映红正背对着他，手忙脚乱地摘菜做饭。林必成接着就听到“必成，过来帮一下”，声音在房间里回旋飘荡。林必成走过去来到厨房，感觉妻子就在他眼前晃来晃去，甚至感觉到妻子又撅起屁股在他前身磨蹭了一下，接着林必成伸出双臂上前一抱。可是，这次林必成上前一抱，换来的却是两手空空。

林必成沮丧着回到房间。

拉开抽屉，拿出女儿一直爱不释手，睡觉也放在胸前的那个喜羊羊毛绒娃娃，林必成鼻子一下子就酸了。他忽然感觉女儿受了天大的委屈，一想起女儿从两岁就伴着它，一直伴着它到现在。虽说女儿一直对这个毛绒娃娃喜欢得不得了，可是，没别的可玩，不喜欢也得喜欢呀。有一次逛商场，女儿看上一套过家家模型，女儿缠着她妈妈要买，妻子一句话没有说拉起女儿就走，女儿一路哭着回到了家。当时林必成就有些不忍心，可他心里清楚，妻子不是不舍得花钱，主要担心玩具一多，会分散女儿心思，妻子也是为了女儿，林必成就随了她。这会儿想起那次，林必成后悔得直想砸自己的脑袋。

现在这个喜羊羊毛绒娃娃，已经被女儿玩得不成样子了。林必成眼睛盯着它，看到这个憨态可掬眼睛圆圆的小绵羊娃娃，女儿用彩笔又在它圆圆的眼睛上画上了一副眼镜，小绵羊看起来就像戴着一副深度近视镜一样更憨态可掬。林必成刚想去拿一块湿布擦一擦，一转念，他没有去，他认为还是让它保持女儿玩过的那个样子好。

接着，林必成把女儿看过的所有小人书，画过的所有画，一些用过没用过的彩笔铅笔，一些女儿搜集的衣服商标挂牌，还有钥匙链、项链、发卡、头花、皮圈和抽屉里那些叫不出名字的小玩意，总之，只要是属于女儿的东西，就算女儿在上面乱画的一片纸一个粉笔头，林必成都不舍得扔掉，按照大小顺序一样一样全放进了箱子里。

又接着，林必成把这几年照的几大本影集拿了出来。

抽出一本掀开，林必成与妻子叶映红的婚纱照赫然跳进眼里，思绪也跟着回到了几年前。

林必成跟叶映红在游泳馆认识的。有一次林必成去游泳，一进深水馆，有个女孩吸引了他。看着那女孩背影泳衣一色绿，再低头看看自己泳裤颜色，林必成吃惊地发现女孩泳衣跟自己泳裤颜色一丝不差，简直就是一块布料制成。林必成又发现，深水馆里那么多男男女女，不但那女孩唯一一色绿，林必成泳裤一色绿也是众多男子中唯一一个。林必成心想，如果他跟在那女孩后面，肯定都认为他们俩是一对情侣。再仔细看，女孩不胖不瘦不高不低前凸后翘的身材，一下子就把林必成迷住了。紧接着跟上去，林必成想看看女孩的脸。可是，就在林必成还差一步时，那女孩扑通一声扎进了水里。等到女孩潜下去一阵子露出脑袋，林必成已经分辨不出谁是她了。林必成摇摇头嘴里啧啧了两下，自己也扎进了池子里。林必成顺着五十米泳道决定游十个来回，林必成一边划着水一边心里记着数。林必成游了三个来回时，感觉一个女孩一直在侧道跟着他，侧过脸瞅一下，林必成眼睛一亮，发现跟着他的居然就是那泳衣一色绿女孩。才想伸出手打个招呼认识一下，就在这时，林必成突然感觉小腿肚子抽筋，林必成“哎呀”一声沉进了水里。让林必成这辈子难忘的是，一看到林必成沉下去，一色绿女孩马上潜下去把他顶了上来，接着把他拖到池边又把他拖上台子。小腿肌肉扭过来后，女孩望着林必成跟她一样颜色的泳裤，一脸惊讶。两人你看我我看你，四只交换着信息的眼睛对到一起。

那次，不能说一见钟情，至少两人后来都感觉有点儿邪门。

一色绿泳衣女孩，就是林必成的妻子叶映红。

林必成慢慢合上影集，热泪一下子又涌出了眼眶。他开始责备自己，责备自己对妻子太多的抱怨，责备自己不该当着众人面抱怨妻子那天非要带孩子去画画，责备自己不该抱怨妻子对孩子管得太严。想着想着，林必成脑子里又映出跟妻子婚前热恋和婚后在一起恩爱温存的那些场面。接着，林必成脑子里那些美好回忆，一瞬间又转成了满脑子愤怒。

“不能让那王八蛋逍遥法外，一定得找到他！”

林必成准备自己插个牌子悬赏，寻找目击者了。

第07节　客户名单

魏前峰正当职业是个门卫，在一家民营企业看大门，月工资一千多元。其实，如果他进车间干活，月工资能拿到二千多元钱，再如果双休日不休息，每天上够八小时再接着加个几小时的班，有时候一个月能拿到三千多元钱。可人家魏前峰不干，他不愿赚那个辛苦钱，他觉着进车间干活又脏又累，光八个小时就累得够戗了，为那点儿钱再加班加点，人活着没劲。魏前峰认为自己是个吃巧食的主，别看他看大门这活在厂子里属于最下层最没本事的人干的，可他还真看不起车间那些一身油污比他赚得多的工人。按魏前峰的话叫小鸡不尿自有便道。魏前峰有他自己的来钱门路，他对象棋有研究，看大门有时间，上着班可以练练棋谱，棋谱练多了就自己琢磨棋局，技术一精，接着就是利用休息时间，去闲人多的地方摆局赚钱。一局十元钱虽然赚得不多，算总账哪一次出来都能赚个六七十元钱。后来，魏前峰观察到一伙人玩“压3压8”蒙骗游戏赚得更多，魏前峰就又动了这个心思。花钱请人家吃了一顿饭后，魏前峰入了伙。没过多久，魏前峰技术达到炉火纯青，一脚把那伙人踢开，另找了几个哥们，自己当上了蒙主。

今天上着班，魏前峰正想着明天休息去什么地方骗钱，桌子上一张报纸把他吸引住了。

报纸报道的是白杨林发生的那次车祸。

当时魏前峰想到了探头，觉着警方很快就能利用探头找到凶手。一旦确认了肇事车辆，别说自己当时没看清车牌号，退一步就是看清了也没用。所以，从白杨林回来，魏前峰几乎快把这件事忘掉了。可他看到报纸上那篇报道，突然感觉又有了发大财的希望。那篇报道除了提到白杨林某某时间发生一起严重车祸造成一女人和一女孩两死外，还提到警方正在把有关路口探头录像调出来查找肇事者。看日期，报纸是昨天的，也就是出事第三天的报纸。出事第二天，魏前峰没看电视，不清楚电视报道没有。报纸来得慢，按说头天下午车祸发生时下着大雨，警方在没调出录像没找到肇事者之前，没及时通知媒体，报纸隔了一天报道出来也算正常。可是，如果第二天从录像里找到肇事者，警方肯定马上通知媒体。有了最新消息，而且有了查找到凶手的最新消息，就算报纸夜里组好稿排好版面那也得改，不可能再按还在查找之中报道，群众还等着知道肇事凶手是谁呢。魏前峰这么一分析，得出的结论是：不但警方没从监控录像里查找到凶手，甚至不知道肇事车是一辆黑色奥迪。魏前峰看着那篇报道一笑，觉着自己发大财的希望又有了。

“这个城市，黑色奥迪不会有太多吧？顶多也就几十辆吧？绝对不会超过一百辆。”

“几十辆虽说不多，可也不是个小数啊，不知道车主都是谁，上哪去找？”

“还有，那天只看到四个圈，奥迪有好多品种，究竟是A6还是A4没看清楚，这就又增加了难度。”

“……想起来了，那天看到的不是一辆新奥迪，不是圆滑光溜溜的那种，是一辆笨头笨脑大屁股的老式奥迪，跟我们厂老板开的那辆差不多，如果没看错的话，那，查找范围就更小了。”

魏前峰前思后想，越想越觉得自己没看错，确认就是一辆老式奥迪后，魏前峰又兴奋起来。

“不管新旧奥迪，撞上电动车又把人撞死，车子前方肯定有损伤。”

“先去修理厂转一圈？”

“可是……刚刚撞死人，那辆奥迪不敢马上送去修理吧？”

最后，魏前峰还是决定去碰碰运气，理由是被撞坏的奥迪车没地方放，放到哪儿都担心被警方发现，除非有自己的车库。魏前峰又分析，现在车库比车还贵，买得起车库的主，肯定不会开这样破的奥迪，再加上发生车祸到今天已经第四天了，魏前峰认为肇事者有可能把车开到修理厂了。

第二天倒休，魏前峰早早吃过饭，骑着他那辆破自行车，径直来到汽修装饰门市一条街。这是他临时决定来的，他觉着那辆破奥迪有可能撞得不太狠，一般车子有点儿小毛病在这里修理既快又便宜，先在这里扫一遍，没有，就再去那些小修理厂看看。顺着路边门市一家一家挨着查看，一开始眼睛只盯着奥迪车特有的标志那四个圈，可是，一条街快走到头了，居然没发现一辆奥迪车的影子。接下来，魏前峰查看得更仔细了，只要门前有停那种黑色笨头笨脑大方屁股的车，都要走过去看看车前方是不是被撞坏。尽管这样，魏前峰还是失望了。整条街不但没发现一辆奥迪，就连被撞坏前方的其他车，也没有。

“真是白痴，那辆肇事奥迪车车主胆子没这么大，他不可能敢来这些临街门市前面修，警察查找的话不用下车，眼睛扫一扫就发现了，这么简单的道理，怎么一开始就没想到啊？”

魏前峰想到这，二话没有把车子推下便道，骑上就走。

骑着他那辆破自行车，连着查找了三家小汽修厂，还是一无所获，魏前峰彻底失望了。

“不行不行，屎难吃钱难赚，不找了不找了，打道回府。”

魏前峰正要跨上车子回家，转脸望见马路对面有家修理厂，挂着一块专修奥迪的大牌子。魏前峰一个惊喜，心想，烧香拜佛也得找对地方，不清楚供着哪路神仙上来就磕头那绝对解决不了问题，奥迪再破也是奥迪，一般小修理厂不可能有奥迪的配件，这家专修厂不是4S店，老式奥迪很可能都在这里修，说不定那辆肇事奥迪就在这里。

进到修理厂，院子里有几辆车，扫一眼全都不是奥迪。再往里走，是修理厂一个大敞篷车间。魏前峰只往里望了一眼，两只眼睛就僵直了。一点儿没错，魏前峰视线里出现一辆黑色大屁股奥迪。

魏前峰紧走几步进到车间，围着那辆大屁股奥迪顺转三圈倒转三圈，发现这辆奥迪哪也没坏，正感觉又一次失望时，弯下腰突然看到这辆大屁股奥迪前面的保险杠崭新，魏前峰心想肯定就是这辆了。一激动，他的心差一点儿蹦到嗓子眼儿。

“干啥？干啥？你干吗的？”

声音把魏前峰吓一跳，抬头望去，院子里走过来一个男人。

“车是你的？”

“不是不是……”

“不是你的，你在这瞎看什么？想偷啊？”

“师傅，你别误会，是这样的……”

“别这样那样，不是你的车，就别在这转悠，赶紧走！赶紧走！”

魏前峰早就防到了这一手，出门时买了一包好烟，赶紧从衣兜里掏出来，打开，递上一支。

“是这样，朋友老婆孩子被车撞了，肇事车逃逸，有个线索说是被一辆老式奥迪撞的，这我就帮朋友一个一个修理厂挨着转，看到你这专修奥迪，就没打招呼进来了，不好意思。”

“那你怀疑这辆车？”

“朋友老婆骑着电动车带着孩子前边走，奥迪是从后面撞上的，分析奥迪前方有可能撞坏，来到你这儿，正好看到了这辆车，这车前保险杠是刚换的吧？”

“你朋友老婆什么时候被撞的？”

“三天前。”

“三天前？你确认？”

“是啊，就是三天前。”

“那你就别在这转悠了，这辆车放这半个月了，早就修好了，人家一直没来取。”

魏前峰一听就有点儿泄气，不过，他转念一想，这人会不会说谎？好不容易找到一辆跟肇事车对上号的车，怎么也不能放弃。

“师傅，朋友出了这么大事，总得弄个明白，你看，是不是把车主的电话号码给我？”

“这不行，你要人家电话号码干吗？”

“再核实一下。”

“这车什么时间送这儿，我还不清楚？你朋友出了事不能牵连我的客户，给我客户找麻烦。这种事传出去谁还敢来我这儿修车？不行不行，电话号码绝对不能给你。”

魏前峰赶紧又掏出那包好烟，塞进那男人衣兜。

“不过嘛……我可以给你弄一份全部奥迪客户的名单……”

魏前峰一听，大喜过望。他突然想起来了，这里是一家最老的奥迪车修理厂，如果分析不错，全市的老式奥迪车应该都在这儿修理过。当然，由于要通知取车，每一个客户都会留下电话。

魏前峰一激动，说话就有点儿结巴。

“那……最好，那最好……”

“你真想要？”

“这还用说？”

“不是白给你哟，你应该清楚，我开修理厂是为了赚钱，客户信息也是有价的。”

魏前峰听后一愣，没想到这家伙不白给。

“一包好烟都送你了，就帮帮我朋友吧。”

“谁稀罕你一包烂烟？拿去！拿去！”

男人掏出那包烟，在空中挥舞了几下，魏前峰没接，男人顺手又放进兜里。

“那你想……”

“五千元钱，少一个子儿免谈，一手交钱，一手交单子。”

“五千元钱?!”

一听五千元钱，魏前峰傻了。

“你朋友找到肇事者，少说也得要个十万八万元钱的，五千元钱你还嫌多呀?”

刚听男人说，那个客户名单不白给，魏前峰心里估摸着给个百八十元钱肯定没问题。没想到一张纸片这家伙居然张口就是五千元钱，这对魏前峰来说简直就是个天文数字，这个数魏前峰绝对不能接受。可是，那男人又提到朋友找到肇事者少说也得要个十万八万元钱，魏前峰仔细想想确实是这个理儿，十万八万元钱跟五千元钱比确实不算多。但魏前峰自己清楚，他不是受害者朋友，他要那个客户名单干什么他自己清楚，他怎么会一个子儿还没搞到手，先拿出几乎是他小半年的工资呢？还有，拿到那个客户名单，找到找不到那辆肇事奥迪，还不一定呢。

魏前峰刚想张嘴跟那家伙讲价，只见那家伙朝他一摆手，走人了。

留下魏前峰一人，傻愣愣站在原地，不知道该怎么办了。

第08节　那不是我

“苏姐，到点了，该下班了，你还不走？”

“走，走，马上。”

“你也是，跟主任说一声，这几天就不用来了嘛，办婚礼是一件大事，怎么也得好好准备准备。”

“也没什么准备的，都交给婚庆公司了。”

“怎么也得提前通知通知亲朋好友，没几天了，你倒是不慌不忙。”

“下周就开始联系，提前三四天就行，电话打早了给人家增加记忆负担，到跟前还得再打。”

苏晚霞在政府档案室工作，中午在单位吃饭，下午五点半下班。

临下班时，苏晚霞一边跟同事聊着一边收拾桌面，接着就跟同事一起下楼了。

从车棚推出电动车，出来政府大门，两个女人继续聊着，边聊边顺着政府门前大路往前走，到了前边一个小街路口，同事直直走了，苏晚霞按家的方向拐进了小街。

苏晚霞正走着，突然从路边售货亭一侧窜出一个男人，苏晚霞赶紧刹车，车慢下来，那男人站到她面前挡住了她的去路，然后绷着脸打个立正，冲着苏晚霞伸出一只手行了个军礼。

“是……是你呀？！吓我一跳，还以为是警察叔叔呢。”

苏晚霞一看，原来是老同学林必成，苏晚霞哈哈笑了。

“无缘无故，警察叔叔才不给你敬礼呢。”

“别开玩笑了，你怎么在这？”

“等你呀！”

“你知道我从这里过？”

“想见你，肯定早就打探好了。”

“这么多年没见面，你怎么突然想见我？找我有事？”

“肯定有事，没事我怎么会跟侦探一样跟踪你？还摸准你下班路线啊？”

“必成，既然有事，那就说吧。”

“你看你，对人家这么冷漠，这么多年没见面，怎么也得先热热身吧？”

“那是那是，你说你说。”

“唉，时间过得好快，一晃就七八年了，不过，你一点儿没变，还跟高中时候一样。”

“别逗了，我都快结婚了，还能跟……”

“你说什么？你要结婚了？!”

“是啊？日子都定了，就国庆节前办，没几天了，正犹豫着通知你还是不通知你呢。”

“哎哎，晚霞，这你就心眼小了，你婚礼老同学谁不通知也得让我林必成参加。”

“我当然愿意，就担心你心里难受，另外我也不愿让大亮看到你。”

“就是，还不知道你跟谁结婚呢，这么说，你还真跟岳大亮成了？”

“必成，你找我究竟有什么事啊？如果没要紧事，你留个电话，改天找个地方详细告诉你。”

“以后你结了婚，就不好意思打扰你了，不如这样，咱这会儿就找个地方聊聊。”

“今天不行，我事还多着呢。”

“你还没结婚，能有什么事？就算准备你过几天的婚礼，那也不缺这一会儿吧？”

“总之不行，有事要我帮忙，你快说。”

“晚霞，咱俩可是从初中一直好到高中，就算你不把我看成你的初恋，以老同学请求你，你也得给我林必成这点儿面子。再说，咱俩七八年没见面，你没话，我林必成话可是多着呢。”

“那你说去哪？”

“找个幽静的地方，去东边那片白杨林吧。”

苏晚霞没说去，也没说不去，林必成把她电动车掉头扭过来，苏晚霞也就顺着他了。为了不让岳大亮撞见，为了不让苏晚霞担心，林必成建议苏晚霞前边走，他在后面跟着。

来到那片白杨林，找了个偏僻的地方，两人坐了下来。

“晚霞，实话告诉你，我早就知道你跟岳大亮成了。刚听说那会儿，心里跟空了一样一直难受。尤其最近，听说你跟大亮马上就举行婚礼，心里边就有种大亮从我身边夺走你的感觉。不说出来，你一辈子也不知道。这几天，我老是一人在屋里发呆，没别的事，就是想你。想着想着，眼泪莫名其妙地就从眼眶里滚了下来。从初中到高中，都没有这几天想你想得很。我林必成长这么大，这几天第一次让我尝到思念一个人是什么滋味，第一次感受到思念的力量这么神奇，居然神奇到能把一个男人的泪水催出来。于是，我不顾一切地想见你一面。打听到你在政府上班，不知道你具体在哪个部门也不敢贸然去找你，我就在你们单位对面一棵树下藏着等你出来，也不知是什么原因，连着两次都没见着你……”

“必成，你不要说了，是你这几年一直不跟我联系。高中一毕业，你上大一那会儿，一开始还给我打打电话写写信聊聊什么的，后来突然就没了你的音信。我还在心里想，林必成变得这么快啊，一上大学就把我忘了，肯定你大学有了比我更好的女孩，这证明你爱我不专一。如果你真爱我，上了大学还一直追我，肯定没有今天我跟岳大亮在一起。这都怪你，现在说这些都没用了。”

“也不瞒你，大一确有个女孩追我，但这不是主要原因。大亮，你，还有娄云，你们三个都考上了省城，听说大亮很关心你，你们经常在一起吃饭，听说放假回来都是大亮主动给你买车票。咱们几个关系那么好，听说这些，我怎么好意思再联系你啊？”

“必成，你误会了，正如你说，高中咱几个关系那么好，又都在省城上学，在一起吃顿饭，买票一起回家，这不是很正常吗？事实上岳大亮当时不但没对我有特别表示，反而一直关心咱俩的事呢。”

“这就对了，他是在打探。”

“什么打探？是你给了大亮机会。还是那句话，如果你对爱情专一，真心喜欢我一人，大一怎么会有女孩追你？如果隔三差五你给我打个电话，如果你放假回来找我，大亮怎么会乘虚而入啊？实话说吧，别看大亮家里条件好，老爹开着大超市，他那个大大咧咧大男子派头，我还真有点儿不能接受他，直到大学毕业也一直没跟他走得太近，而大亮也一直跟我若即若离，保持着以前老同学那种关系。”

“原来是这样啊？这么多年一直没跟你联系，一直不愿意见你，就是因为人家大亮家里有钱，我不能跟他比，心里总有自卑感，总感觉大亮才配得上你，看来我误会你了。”

“说来这都是缘分，如果你大学也在省城上，说不定今天就是我跟你结婚。”

“还说呢，当初报志愿，家里一直让我第一志愿报省城，可我最后还是没听家里。原因是什么？就是看到你第一志愿报了北京，我才跟着你报了呢。本来报省城大学分数能上个二本，为了去北京保险，北京报了个三本。可万万没想到，你北京第一志愿没被录取。结果我去了北京，你却去了省城，还是没跟你在同一个城市。想想这么阴差阳错的，难道咱俩真的没缘分？”

“必成，缘分不缘分就不说了，你刚说大学有个女孩追你，现在怎么样了？”

“早散了。”

“你跟人家散的？”

“是啊，那女孩不是我心目中的那种。”

“你心目中是哪种？说出来听听。”

“当然是你了，跟那女孩散了，又谈了几个，可是，哪一个都不能跟你比。可以说，晚霞你在我心目中变成了一个标准。每谈一个，都要与你比较一下。毕业后在北京干了一年回来，别人又介绍谈了几个，还是不能跟你比。越想越觉着，晚霞你就是我最理想的……”

“这么说，你现在还没找到女朋友？”

“一直拿你做标准，不好找啊。”

“必成你不能老这样，其实，人是能改变的。就拿大亮来说，一开始我根本看不上眼，人长得没个型不说，还老是爱端着，老是沉着脸，觉着自己多大事儿似的，总之感觉不好，根本不是我喜欢的那种。可是，接触多了，慢慢发现大亮挺顺溜，心也挺细，不管我说什么，怎么对他不讲理，跟他发多大的火，他总是不跟我较真，有时候应对我的话就跟灭火器一样，搞得我马上就没事了。这一点恐怕你林必成做不到吧？咱俩相处这么久，我不是没想过，我想过了，我觉着咱俩可以谈好长时间的对象，但在一起过日子一天也不行。所以我劝你，找对象你不能按我标准，过日子还是要搭对脾气的。”

“晚霞，你讲的这些我都清楚，事实上爱一个人是没理由的。一个男人爱上一个女孩，即便天天跟这个女孩大吵，男人还是从心里喜欢这个女孩。可以说，爱跟吵架没关系。有人说过，世上男女之间，对爱的表达方式谁跟谁也不一样。说不定天天吵架，也是表达爱的一种。”

“那好，那你就找个和你天天吵架的女孩做老婆，你就用吵架表达你的爱吧。”

“晚霞，我不是这意思，我是说，一个男人光是顺溜那不叫爱。”

“两人天天吵架就叫爱？”

“你看你，把我的话曲解了，即便吵架也不是真吵，有个词叫打情骂俏，这个词什么意思，为什么发明这个词，这个词不单指那些浪男浪女，正常情人之间也是有的。很可能男女之间的爱和情，就是在打打骂骂之中产生的，我的本意是这个。你想想，一男一女每天都你爱我我爱你腻在一起，每天都处于爱的巅峰，这有悖自然规律，什么事都有张有弛，月有阴晴圆缺，人有悲欢离合，一男一女只有隔段时间爱隔段时间吵才正常，只有尝过苦才知道甜，只有爱进入低谷，才倍感爱来之不易，才更珍惜爱的那个人。只有这样，爱，才能轰轰烈烈，爱，才值得一辈子回味。”

“没想到必成你还真浪漫，不过，你那个吵吵闹闹的爱情观，我苏晚霞做不到。”

“晚霞，我想知道，你真的从心里爱大亮？”

“我们马上举行婚礼，你问这些有什么用？”

“哎，对了，大亮什么时候正式提出跟你好的？能告诉我吗？”

“大学毕业后，他才提出与我建立那种关系。让我没想不到的是，他说他一直喜欢着我。之前一直不敢说，是因为顾虑我还爱着你，他还说他人配不上我。了解到咱俩长期没联系，重要原因是他接手了家里的一部分生意，觉着自己有了与我交往的资本，他这才大着胆子向我提出来。当时我也刚谈散一个，心里正没着落，就试着跟他好上了。”

“大亮真的说过，他一直喜欢着你？”

“他确实这么说的，从初中到高中再到大学，我真的一点儿没看出来。”

“晚霞，你还记不记得高一的时候，我跟岳大亮还有娄云，我们三个在学校小树林里，当时我让岳大亮把你约出来，你来了他们俩就要离开时，突然停电了，全校园一片漆黑，就连校园墙外街上的路灯也黑了，感觉天从来没那么黑过，那会儿四周黑得伸手不见五指……”

“还说呢，那次你偷偷亲了我，你那么莽撞，弄得我一下子就脸红得发烫。”

“那不是我，不是我亲你的，真的不是。”

“你自己都承认了，怎么又不是你了?!”

“当时他们俩都不承认，我怕你不高兴，只好说是我。再说，大亮和娄云都知道我跟你好，偷偷亲你你肯定不会怀疑他们，而我亲你也算是名正言顺，你不会恼怒的。就这样，我就承认了。事实上不是我我心里有数。过后，我一直怀疑是娄云，你刚才说大亮也一直喜欢着你，那次应该是他吧?”

“必成，真的不是你？”

“都多少年了，如果是我，我能不承认？”

“必成，你知道我当时怎么想吗？”

“你说。”

“那次是我苏晚霞的初吻，当时我就想，谁吻了我，我就嫁给谁。我一直认为当时吻我的是你林必成，后来跟岳大亮好上，我还一直耿耿于怀呢，老是心里责备自己说话不算话。你现在这一说，那肯定就是大亮。大亮给了我初吻，也算是天意。看来我说过的话，真的算数了。”

“晚霞……”

“我不责备自己了。什么也别说了，天不早了，咱该走了。”

说着，苏晚霞从石凳子上站起来就要走，这时候，林必成一把抓住了她。

“晚霞，咱俩这么多年，别说亲你，我连你的手还没摸过呢，好不容易才见到你，把你约到这，约到这个幽静的地方，你就这样无情无义？你就忍心这样走？”

“必成，咱俩不是那种关系了，何况我跟大亮……”

“不行，我不管你跟谁，跟你好了这么多年，你怎么也得让我亲一下。”

“你这样拉拉扯扯，让人看见成什么样子？”

“那就进林子里。”

说着，林必成拖着苏晚霞，踉踉跄跄就往林子里拽。

“必成，你松手，我让你亲一下好不好？”

进到林子，苏晚霞挣脱林必成，然后头一扭，把一侧腮颊面向了他。

林必成先是轻轻亲吻了一下，紧接着突然抱住苏晚霞。这么多年的思念，瞬间爆发出一阵热烈的亲吻。

“必成，你不能……”

……

“你……你不能乱来，我马上就要……”

……

苏晚霞挣扎着，最终还是被林必成按倒在草地上。

第09节　同学聚会

南洋粤菜馆是一家海鲜酒楼，据说这里的各类海鲜来货正宗，鲍翅海鳗三文鱼全是真的，做出来的味道也特别鲜美，当然，价格与同行馆子相比也不是一般的高。月亮湾美食集团总经理岳大亮，为了招待两位多年不见的老同学，特在这里订了个包间。

“来来，先干一杯，这是我爸爸存放多年的五粮液。”

岳大亮将自带的五粮液一口闷下一杯，接着林必成和娄云也干了。

“这几年你俩哪去了？我岳大亮不知道你俩在哪，你俩还不清楚我在哪啊？怎么就不来找我？怎么你俩谁也不来？拐了好几个弯才搞到你们电话。”

“大亮，你也别怪我们，你当上大老板，报纸上看到你常跟市领导在一起，谁知道你还记不记得老同学。再说，你整天那么忙，就算记得，恐怕也没时间跟我们闲聊，娄云，你说是不是？”

林必成接上岳大亮的话，说完看了娄云一眼。

“是啊，人家大亮资产过亿，跟咱不是一个档次。我们跟人家打工，去找你还不够丢人现眼呢。”

“你看看，你俩之所以不成事，就是因为你们心态不好。有一个从初中到高中最要好的老同学当了大老板，你们不去找他，不去利用他，那你俩才真是傻瓜蛋呢。至于找到我，给你们办不办事，那就看我了。你们这么多年不找我，首先就是你俩不对。”

林必成又看一眼娄云。

“大亮，早知道你有这话，是这态度，我们肯定会跟你联系的。”

“必成不找你，我觉得是因为苏晚霞。”

娄云慢悠悠冒出一句。

“哎哎，娄云，我没这个意思哦，都多少年前的事了，你还提？你这不是故意让大亮心里难受吗？”

林必成一听娄云提起苏晚霞，马上就不自然了，脸也有些红。

“娄云，你听听，你一提苏晚霞，必成说我心里难受，这不对吧？以前苏晚霞跟他好，后来跟我结了婚，实际上难受的不是我，应该是他林必成。不过，必成也未必难过，他去了北京上大学，身边有了更让他心动的女孩，他不喜欢晚霞了，我这才跟晚霞好上。话说得难听点儿，等于我喝了林必成的陈酿老酒，所以呀，我认为必成不但不难过，心里很可能还有点儿沾沾自喜呢。娄云，你说是不是？”

“必成，人家大亮真不愧是个大老板，话说出来就是不一样。不但话说得不难听，还把你也爱过现在是人家老婆的苏晚霞比作陈酿老酒。这话传到苏晚霞那，心里肯定比蜜还甜，肯定对大亮更好。可我就是不明白，这么好的老酒，必成你自己不喝，怎么让大亮喝上了？”

“这……这让我怎么说好？”

“该怎么说就怎么说呗，你这么多年的初恋，现在嫁给了一个身家上亿的大老板，就算你心里不怎么对劲儿，除了有那种酸涩的感觉，总也夹带点儿沾沾自喜吧？”

“娄云，你小子张口就连讽带刺，提我大老板干吗？今天咱仨见面，我就是你们最要好的老同学，你们不要把我看成老板……”

岳大亮一听就不顺耳，纠正着娄云。

“你大老板是必成先说的，我听着不顺耳，觉着他虚伪，这么多年不好意思见你，肯定是因为苏晚霞。”

“娄云，这我就有话了，你也一直没跟大亮联系，你什么原因？”

“这……我……我什么原因？”

“是啊，什么原因？是不是你也因为苏晚霞？”

“我因为苏晚霞？苏晚霞又不是我的初恋，怎么我会跟你一样啊？”

“娄云，以前一直不好开口，现在也不在乎了，我问你，高中时你是不是暗恋着苏晚霞？”

“我暗恋苏晚霞？必成，你不要瞎猜了，根本没那回事。”

“还记得吧？高一的时候有一次苏晚霞病了，在市二院打点滴。为了不让晚霞家人对我产生怀疑，让你还有大亮陪我一起去医院看看她，可你怎么也不去，大亮也不去，最后我一人去了。可是，到了医院门口，我突然看见了你，当时我心里一咯噔，心想，怎么娄云会在这……”

“必成，那次你去医院你见到苏晚霞没？”

“我上去了，你们都不陪我去，我只在病房外面看她一眼就离开了，我一人不敢进去。”

“苏晚霞出院，你没问问她，我有去看她没有？”

“我都不敢进病房，肯定你也不敢进。”

“你这样说，我娄云就没话了。不过，大家都知道苏晚霞跟你好，那个时间你也说要去医院的，这种情况，我怎么会一人去看她呀？咱关系这么好，万一碰上你，我怎么跟你解释？”

“那你，那次去医院……”

“早就忘记了，谁知道你说的是哪一次。即便有去医院，也不是去探望苏晚霞，或许去看望别人，碰巧你看到了我。没想到这件事，必成你倒是记得这么清楚。”

“不是碰巧吧？”

“必成，你看你，人家苏晚霞跟大亮都结婚了，当着大亮的面，你扯这些陈谷子烂芝麻的事干吗？你自己愿意回忆过去我管不着，可你别把我扯进去呀。”

“说说说，你们不说我还不知道呢，让必成继续说。”岳大亮一脸不在乎，自斟自饮了一杯后，突然对娄云说，“哎，娄云，必成说你暗恋着苏晚霞，是不是真的？”

“别听必成瞎蒙，是他自己疑神疑鬼。”

“我瞎蒙？高一时有一次，就是我约苏晚霞公园见面那次，我让娄云给苏晚霞送封信……”

“哎哎，必成，那次我记得，我当时有事，信交给大亮了，大亮给没给晚霞我就不清楚了，好像后来听你说，信晚霞收到了，你在公园也见到她了。怎么又提这件事啊？”

“不错，我是见到晚霞了，可我同时也看见了你。”

“怎么又看到了我？”

“肯定是你把我给苏晚霞的信拆开看了，这才知道了我们约会地点，你拆信担心露出马脚，这才让大亮转交，是不是这样？”

“我说大亮，你真不该跟晚霞结婚，你看看，以前必成多么爱晚霞，爱得简直昏了头。”

“必成，你这意思，你跟苏晚霞好的时候，娄云一直暗恋着她?”

“哎，大亮，你可不能这样理解。第一，我没有暗恋苏晚霞；第二，那封信我没拆，公园我也没去。当时林必成还不知道看到了谁，你别听他自我想象。”

“还说没暗恋呢，高中上课的时候你眼睛老是往苏晚霞那儿扫，我留意你不知道多少次了。而且我发现你作业本上的字越来越跟苏晚霞写的一样，你是在模仿她，苏晚霞的字有个明显特点，就是字体下半部总是往左边扭，你的字老早以前下半部是往右边扭的，后来你也往左边扭了……”

“必成，你这醋吃得真够有水平，上课你一不盯着老师，二不盯着苏晚霞，怎么老盯着我呀？我的字什么时候往左边扭，我都一点印象没有，多少年了，你倒是记得很清楚啊。”

“还有，你一直爱看金庸的武侠小说，有一天突然看见你手里拿着一本琼瑶的小说，让我有点儿吃惊的是，你那本琼瑶的小说居然跟苏晚霞正看的那本一样，具体什么名字我忘记了……”

“跟苏晚霞看一样的书，这也证明我暗恋她？没想到高中那几年咱关系那么好，你一直暗中提防着我娄云，真让我心里没话说。可你林必成就不想想，人家苏晚霞怎么会看上我娄云？高中的时候你是班里有名的小帅哥，各方面条件我娄云都不能跟你比，不知道你为什么一直对我不放心。你呀，必成，我怎么说你呢，当着大亮，你这家伙硬逼我承认暗恋晚霞，这算什么事呀？就算大亮不在乎，你也不能这样信口开河。干脆，今天话说到这，你心里还藏着什么全说了吧，我等着听呢。”

“你看你，娄云，你说我逼你，话不是你引起的吗？我一直没跟大亮联系，你张口就说是因为苏晚霞。你如果不提起苏晚霞，我还想不起这么多呢。这不怪我，怪你自己。”

“好了好了，你俩都别说了，今天把你俩请到这里，我有事跟你们商量。说了这么半天，你们俩都还没介绍你们各自的情况呢。必成，听说你在一家房地产公司上班？”

“是啊，大学毕业考了几次公务员，没考上，就只好找了一家房地产公司给人家打工了。幸好老婆有一份稳定的工作，当老师虽然忙一点儿，总归收入还不错，加上老爷子给我留下一套房子，就这么将就着过了。”

“打电话前，娄云的情况我也了解了一点儿，你还在酒店上班吧？”

“也是给人家打工，比起必成，我现在混得还不如他呢。不过，穷人有穷人的乐趣，我们虽然挣不到很多的钱，但不像你那么忙，时间有的是。我是想开了，钱多钱少就看你怎么活了，我下班没事干就一个人去山里钓钓鱼，自己给自己找乐子，我觉得就这么一辈子过下去也挺不错的。不过，话是这么说，总归还是钱多了好。大亮你也别客气，想让我们帮你干点儿什么你尽管说。”

“请你俩吃饭，还真不是白请。从老爷子手里接下这家公司，现在越来越大了。随着社会发展和城市不断扩容，为了改善城市居民的居住条件，房子一直在不断地建，新小区也越来越多。在市领导的支持下，我这家跟老百姓联系十分紧密的食品超市还要建更多的分店，这人手就越来越缺了。尤其是领导层，没有几个自己的哥们怎么也觉得不踏实。今天我就是跟你俩商量，想让你俩都过来跟我一起干，月工资奖金什么的我就不多说了，过段时间，我准备给你俩弄一些股份，解除你俩的后顾之忧，这等于咱三个最要好的老同学一起干了，这就是我今天的意思。”

“这……”

“原来是这个意思啊，大亮。”

“你俩再考虑一下，如果觉得没问题，就早点儿过来。”

第10节　五万赏金

魏前峰傻愣愣站在修理厂院子当中，脑子里越想越觉得那个客户名单至关重要，单子里肯定能排查到那辆老式奥迪。越想越觉得搞到那个客户名单，就等于大几万元钱到了手。可是，一想到那家伙张口就要五千元钱，魏前峰觉得怎么也不能以这个天价换那张纸。这不是勒索吗？急着想得到客户名单的魏前峰，想不出任何办法，心里边那个不爽，全发泄成对那男人王八蛋不是东西的一连串暗骂。可是，骂人家不顶个屁，不出钱就拿不到能给他换来一笔巨款的那个客户名单。想敲诈别人还没得手，反而有人先勒索他。喜欢空手套白狼的魏前峰，一脸无奈傻站在原地，真的没办法了。

离开那家修理厂，魏前峰上了大路。

“眼见着一块肥肉就这么放弃？”

“不能啊。”

“可是……还有什么办法啊？”

"去交警车管所那里查？没有熟人肯定不行。"

"要不……带包好烟去碰碰运气？"

"不行不行，撞死两个人，出这么严重的交通事故，交警方面肯定也在查找那辆肇事车，万一露出马脚被他们盘问，被问出来是一辆老式奥迪，那这不是给他们提供线索吗？"

"不行，车管所绝对不能去。"

"这也不能那也不能，难道一点儿希望没有了？"

顺着大路一直往北走，魏前峰来到通往白杨林的那个中山路口。魏前峰停下来，下意识地抬头望了望安装在上面的探头，探头视角正冲着下面滚滚车流，魏前峰认为，如果那辆肇事奥迪从这里穿过，或者从白杨林返回来经过这里，即便那天下着大雨，也绝对不会逃过探头。

"可是，为什么探头里查不到呢？"

"难道肇事车没从这路口过？"

魏前峰心里疑惑着骑上车，右拐，向东驶去，这个方向前边就是那片白杨林。

走着走着，魏前峰突然看见路边树上贴着一张纸，停下仔细看，原来是重金悬赏车祸目击者的告示。魏前峰看着看着感觉又有了希望。告示正是白杨林那次车祸。一字一句连着读了两三遍后，魏前峰从衣兜里掏出了手机。

“没想到凶手那里无从下手，反而受害者这儿冒出了钱，他娘的财运来了躲都躲不过。”

“月黑头走完就是明亮地儿，这话真是一点儿不假。”

魏前峰掀开手机盖，刚要按下号码拨出去，手突然停下了。

“怎么说?”

“悬赏者问我看到了什么？我说看到了什么?”

“现在能确定的就仅仅是一辆奥迪，老式大屁股奥迪也不是当场确定，还是过后回想起来觉得像的，没看清车牌号，不能确定肇事者究竟是谁，这种几乎没用的线索提供给悬赏者，人家能给钱吗?”

“不能说没用，有了奥迪这个线索，尤其告诉对方是一辆老式奥迪，然后再让警方去查，这样范围就小多了。可是，仅仅提供这点儿线索，对方会不会给钱?”

“如果悬赏者不信呢？怀疑我什么也没看到，甚至怀疑我根本不在现场，打电话只是想骗取悬赏金，这种可能不是没有。”

“还有，即便对方相信，悬赏金也不可能马上给，肯定是在抓到凶手以后给。如果这些线索真的利用上了，最后凶手抓到了，悬赏金就有可能给。说是可能给，最后也极有可能赖账不给。如果最后抓不到凶手，悬赏金肯定一个子儿拿不到，线索等于白提供了。”

左想右想，魏前峰觉着悬赏金不是轻易能拿到手的。刚开始那一阵兴奋，瞬间就被这一连串如果驱赶得无影无踪了。魏前峰眼睛盯着树干上那张悬赏告示，心里骂一句，伸手就把它扯了下来。

“哦，对了，重金悬赏究竟能给多少啊？”

“尽管没看清车牌号，有老式奥迪这么个重要线索，怎么也得利用啊，不能就这样白白放弃。”

“另外，还不知道受害人究竟是个什么人物呢。”

“打打打，这个电话必须打。”

魏前峰这次没有犹豫，掏出手机照号码拨了过去。

“喂，请问哪一位？”

手机一接通，对方先开了口。

“重金悬赏目击者告示，是你贴的吧？”

“是啊是啊，你是目击者？你目击了那次车祸？”

“给你打电话，就是这意思。”

“你真的看到了车祸现场发生的一切？”

“怎么？你不相信？难道有人打电话骗你？我既然给你打电话，肯定有线索告诉你，不相信那就算了。”

“哎哎，先别，能不能电话里先简单谈一下？”

“实话告诉你，我是个下岗工人。说这话没别的意思，下岗人员日子过得都不是很好，人一穷就特别想钱，想当个好人也没条件当。正好赶上你这事儿，我帮帮你你也帮帮我，这样，咱俩就都解决了问题。”

“你不是看到了吗，我是重金悬赏。”

“明说，我想知道你出个什么价？”

“如果你提供的线索，最终能找到肇事者，我出五万元钱。”

魏前峰一听五万元钱，觉着对方还是有诚意的。给五万元钱，应该说是个不算多也不算少的价。可是，魏前峰清楚，这五万元钱是最终找到肇事车辆的价，如果最后找不到呢？魏前峰继续试探。

“五万元钱太少了点儿，能不能再加个几万元钱？”

“这里我也告诉你，我是个工薪阶层，这个数应该说不算少，我也是做出最大的努力了。不过，你真帮了我的大忙，先按五万元钱说，最后再商量好不好？现在最重要是你先简单介绍一下那天你看到的。你刚也说了，的确有人打来电话骗取悬赏金，所以你首先得让我相信你的确在现场。”

“这让我怎么说呀？我当时在现场也没有录像，我无法证明啊。”

“报警电话和120急救车，不是你打的吧？”

对方这一问，一下子堵住了魏前峰的嘴。魏前峰亲眼看见一辆红色轿车车主报的警，而且车主等到警方和急救车过来才离开的，人家有证人，这会儿冒充绝对不行，魏前峰不知道该说什么好了。

“噢，不，不是我打的，那天……”

“既然不是你打的，你应该不在现场吧？否则的话，发生那么严重的车祸，你不会见死不救吧？”

“是这样，那天下着大雨，我从白杨林里出来，突然看见发生车祸，我掏出手机就要报警，可是，我的手机不能用了，那会儿我没带雨具，浑身都被雨浇湿了，我手机肯定进水了。于是，我赶紧离开现场去找有手机的人，转了一圈没找到，又返回现场，这时候，只见一辆红色轿车的车主报了警……哦，对了，你肯定知道是辆红色轿车车主报的警，我看到了。这样，不就证明我在现场了吗？”

发生那么严重的车祸，魏前峰在现场不马上打电话报警，这种见死不救，还说自己是目击者想领那笔悬赏金，受害家属肯定恨死他。想到这，魏前峰吓出一身冷汗，最后总算把谎扯圆了。

“那天情况我也了解了，你说你去找手机，没找到又返回现场，警察和救护人员都没看到你呀。”

“我得更正一下，其实，我没看到红色轿车车主报警，是我猜到肯定是那辆车的车主报警。因为除了警方和救护人员，再没有另外的人。我返回时还没走到现场，救护工作已经接近尾声，红色轿车先离开的，接着警车救护车也都开走了。这意思，我只是看见他们，他们有没有看见我我不清楚。”

“这么说，你是在红色轿车前到现场的？”

“是啊，我那会儿……”

“你先别说，我问你，你看到肇事车了？”

“我是从林子里出来看见的，当时我正在林子里拉屎。拉完屎向西走，走到林子边，突然一辆车从我眼前疾驶而过。同时我听到一声闷响，我站在林子边往我右边也就是北边方向一看，有人距我不到二十米的距离倒在地上了。我赶紧过去，看见地上躺着一个女人和一个小孩还有电动车，我立刻就掏出手机要打报警电话，那会儿雨下得正大，我说过了我没带雨具，发现手机不能打我就赶紧找人去了。我在林子里一边跑一边喊，绕到了林子大西北，最后也没看见一个人，于是，我就赶紧返回来了。”

魏前峰故意把这段时间说长，不给对方留一点儿怀疑他不在现场的漏洞。

“肇事车你确实看清楚了？”

“应该没问题。”

魏前峰决定先把大话吹出去，只有先让对方感兴趣才会有下一步。

“是辆什么车，你看清楚了？那辆车从你眼前一闪而过，车牌号也看清楚了？”

涉及车型，尤其涉及车牌号，魏前峰可得小心回答了。如果照实说，说自己没看清牌照，那对方一听心就会凉，悬赏金肯定不会顺顺当当地给。说看清也不行，第一对方不会相信，车子在眼前一闪而过，那会儿还不能确定那辆车撞了人，清清楚楚记下车牌号，谁一听都不会信。最关键的是，对方花五万元赏金要的就是车牌号，车牌号上胡编一个，肯定不行，肯定要露出马脚。

“那会下着大雨，车子又是一闪而过，车牌号不可能看清和记下来。不过，我倒是瞟了一眼牌照上的字母和数字，有个大概印象。这么说吧，车子从我眼前过去的时候，我还没意识到那辆车撞了人，等我发现有人倒在地上，反应过来，我当时很想去追，弄清楚肇事车牌照。可是，人躺在地上，天又下着那么大雨，我觉着还是先报警救人要紧，这就错过了机会。再说，各个路口都有探头，警方找到肇事凶手应该不是问题，直到发现你的悬赏告示，我这才知道凶手还没找到。”

魏前峰把生命放到了最重要地位，这次编的谎话他觉着非常满意。

“这意思，什么牌子的车你看清了，车牌照也有大概印象？”

“是这样。”

“你这会儿在哪？咱是不是见个面？”

一听对方要求见面，魏前峰心里打起了小鼓：该说的都说了，见了面还是这些话，关键是那五万元悬赏金什么时候给。魏前峰还是认为，就他掌握的这点儿线索，那家伙肯定不会当场给钱。尤其说出对车牌照有大概印象，见了面那家伙肯定咬住这个环节详加追问。魏前峰心虚，他当时不是没看清，实际上他连看都没有看到。当他意识到牌照重要时，肇事车早已没了影儿。这一点如果躲躲闪闪不说，见面等于白见。如果胡乱编一个牌照，说牌照上有个什么字母或者第几位有个什么数码，蒙一下，如果警方按这个线索一一核实排查，结果字母和数字全没蒙对，那就彻底搞砸了。还有，魏前峰常在人多的地方诈钱，他不是个好人自己清楚。另外，他还担心见了面，那家伙拉着他去见警察，他没理由不去。见到警察那会儿，魏前峰不想说也得说了。想来想去，魏前峰拿定主意不跟对方见面。

“都清楚了，就不用见面了吧？”

“如果你真掌握一些有用线索，咱早晚是要见面的，不然，悬赏金怎么给你？”

“我冒昧问一句，如果见面，你带不带钱去？”

“你提供的线索能抓到凶手，钱我肯定给，这一点你放心。不过，第一次见面你让我带钱去，这也太急了点儿吧？咱俩颠倒一下，换上你是受害者家属，在没有掌握确凿线索前，你会把赏金给他吗？这一换位思考你就明白了。实际上咱俩见面，有些细节还想再了解一下。刚你也提到了，可能有人假冒目击者骗取赏金，说实话还真有，在你之前也有人提供线索，甚至有一个根本就没到过现场，完全是按照报纸上的报道编造出来的。我没别的意思，如果你能站在我这个受害者家属方面考虑，我觉得你会谅解的。我们家出了这么大的祸事，如果再被人把赏金骗走，那你说还让我们怎么活呀？”

魏前峰是个好吃懒做游手好闲的主，这番话没能打动他，反而让他更担心钱拿不到手了。

“我明白了，你怀疑我没在现场，怀疑我也是根据报纸编出来的，是不是？”

“不不，我不是针对你……”

“那天我在林子里拉了一坨屎，之前吃过西瓜，屎里还夹带着西瓜子呢。屎拉在林子里，虽然那会儿下着大雨，树挡着，屎应该不会被冲散，现在肯定还在。如果不信，你可以去看一眼。还有，那天我随手从兜里掏出一张报纸擦屁股，报纸是当天的，应该也还在。这些证据你如果看到，肯定就不怀疑我了。”

“我不怀疑你，你刚才讲得那么详细，肯定在现场。”

“既然你相信我，那你还有什么细节要问？”

“我觉着咱们得互相信任，你暂时不愿跟我见面也好，如果你能在电话里把凶手开的是什么车，车牌照凭你大概记忆是什么告诉我，我马上请求警方排查。一旦找到凶手，五万元钱我送你家，你看怎样？如果你还是不信任我，咱可以去警方那让他们作个证，或者去公证处也行，这你应该同意了吧？”

“我不担心你不给钱，我担心把线索给你，警方最终找不到凶手。”

“如果你线索真实，凶手怎么会找不到啊?”

“这样，你去现场看看，如果你发现那张擦屁股用的报纸和西瓜子屎，就应该能证明我不是骗你，有了这个前提，我把线索告诉你，你先付我一部分钱，你看怎么样?”

“既然你说到这，那我考虑考虑吧。”

第11节　错过三天

两只翩翩起舞的蝴蝶，在花间追逐着飞来飞去。每当人们看到这场景，谁都感觉十分美好。可是，如果仔细观察，两只蝶肯定是雄蝶在追逐雌蝶，而且雄蝶一直死缠活缠地要那只雌蝶满足它。假如雌蝶那会儿没兴趣，假如雌蝶觉着时机不对，这场面对于雌蝶，简直就是一场明火执仗的强奸。换上大型动物，那是十分恐怖的。从这个角度观察，感觉十分美好的双蝶飞舞，可能就不那么美好了。

苏晚霞从白杨林回来，一直感觉不美好。不是因为林必成没让她进入美好的高潮，是时机不对，是在不该发生的时间发生了。更准确地说，林必成不该在那个时间把他身体里的那些小生命，投放到她的身体里。就这样，苏晚霞那一刻那种美好，在日后就变成了一种负担。

婚礼后的第一个经期，苏晚霞焦虑的事情终于发生。

“错过三天了，怎么还不来呀？”

苏晚霞人长得好，身体素质也好，每月一次的那个事提前错后最多不超过两天。眼睛看着日历扳着手指算，这次过了三天还没来，苏晚霞心里嘀咕着肯定怀上了。

这之前，苏晚霞跟岳大亮谈了三年多，也说不清从哪天开始，两人就有了那种事。为了不给自己找麻烦，从一开始，他们俩都自觉地采取了严格措施。到婚礼定下来前一个月，首先岳大亮放松了。岳大亮的理由是，在不被朋友抓住笑柄的前提下孩子越早生越好。而苏晚霞时间上提前一点儿她不反对，但她认为怀孕是一件大事，必须从心理上饮食上各方面有所准备。岳大亮说："这不是商场买东西，想什么时候怀上不一定能。"苏晚霞一听也觉着有道理，她闺友中就有这样的例子。不听他，担心以后万一怀不上，落下话柄。最后，苏晚霞稀里糊涂还是随了岳大亮。让苏晚霞没想到的是，第一个没采取措施的排卵期居然就怀上了。更让她不爽的是，中间林必成一杠子插了进来，也是在那个危险期。现在还不是百分之百确定，万一过几天验证是真的，孩子究竟是谁的，苏晚霞她自己都搞不明白。一想起这些，苏晚霞就变得气恼和发疯。

"如果真是林必成的，这怎么能行？"

跟谁结婚，就跟谁有孩子，苏晚霞觉得作为一个女人这是最起码的原则。

第11节　错过三天

林必成一百八十厘米的个头，篮球运动员身材，五官长得有棱有角。岳大亮一百七十五厘米的个头也不算矮，体态略胖了点儿，脸盘子也不像林必成那么有棱有角，但仔细分辨五官眉眼，尤其身份证上的照片，简直跟林必成没多大区别。

“孩子小的时候可能看不出，孩子一大，肯定各方面就有明显不同。”

“等到孩子越长越像林必成，那这后半辈子就不得安宁了。”

“不行不行，这孩子不能要，坚决把它做掉。”

苏晚霞下午早早下班到家，一边忙着做晚饭一边脑子里想着怀孕的事。饭菜做好，摆到餐桌上，还不见岳大亮回来。一个人没事干，胡思乱想得更厉害了。突然，苏晚霞起身去了卫生间。撕下一块洁白的卫生纸，顺着手伸到里面擦，拿出来两眼盯着仔细看，卫生纸上别说有血，就连一点儿污浊都没有。苏晚霞又伸进去狠劲擦了一下，拿出来再看看，卫生纸依旧洁白得跟没擦过一样。苏晚霞有点儿神经质了，第三次伸进去，手重得让她简直有抠破的感觉，可是，一丁点儿血污都没有的卫生纸，再次让她失望。

“都是因为林必成。”

“都是因为他那个惹祸的东西。”

苏晚霞被林必成气懵了，如果这会儿林必成站在她面前，苏晚霞真敢拿刀子把他那东西割下来。

“怪谁呀？”

“也不能全怪林必成，如果当时自己克制一点儿，林必成绝不敢胡来。就算发生那个事，最紧要关头如果当机立断，口气硬点，坚决让林必成出来，他也不会不听。还有最后一招，如果林必成置若罔闻，不舍得离开，自己狠劲推他一把，那不就没事了？可是，这一切都没做，现在说什么都晚了，脑子就那么一瞬间的僵顿，居然带来这么多烦恼。”

苏晚霞一边责备着自己，一边又想到了岳大亮。

“岳大亮啊岳大亮，这一切都怪你呀，你为什么告诉我怀孕不是商场买东西？你为什么这么说？你还是不了解你老婆，你要是没那句话，我怎么会关键时刻犯那个低级错误啊？”

“如果真的怀上了，绝不能告诉岳大亮，偷偷做掉算了。”

苏晚霞坐在马桶上纹丝不动，有关怀孕的那些思绪，在她脑子里飞速旋转，让她只感觉脑袋越来越膨胀。最后她决定，明天上班时间去医院检查。

听到门响，苏晚霞知道岳大亮回来了，对着镜子里调整一下状态，赶紧走出了卫生间。

“饭菜都好了，你怎么才回来？”

“老爷子住院了，拐到医院去看了看他。”

“什么？你爸住院了？”

“没啥大事，我爸说他胃里有点儿不舒服，让医生检查一下，要是胃炎，吃点儿药就会好的。”

“可别大意，你爸这是累的，都快六十的人了，还一人扛着那么大一摊子，趁这次住院，应该让他好好休息一下。另外，你得告诉他，以后少喝点儿酒，年龄大了，再大的场合，也是自己的身体要紧啊。”

“说了，我爸也知道不能再喝酒了，他说以后有场合让我陪他去，让我多长长见识，结交一下各部门领导和经营方面的合作伙伴，把各路关系接下来。他计划再过一两年，就把这一摊子交给我。”

“哎呀，真交给你，那么一大摊子，你这么年轻，能干得了啊？”

“又不是马上给我，干得了干不了到时候再说。”

两人来到饭桌，吃着吃着，岳大亮提到了孩子的事。

“刚在医院，我妈旁敲侧击，又在打探咱俩计划什么时候要孩子，说什么，趁妈妈还不算太老，胳膊腿都还灵活，别学着现在的小年轻，还是早点儿要好，妈妈亲自给我们带孩子，怎么也比雇个保姆强。还说跟我爸就我一个独生子，这么多年，我爸爸风里来雨里去，吃了那么多苦创下这么大的家业……”

岳大亮一提到孩子，苏晚霞就紧张，没等岳大亮说完就打断了他。

“别说了大亮，咱俩结婚还不到一个月，看你妈急的？要孩子是一件大事，不能稀里糊涂的。正因为你爸创下这么大家业，咱孩子才得好好计划计划呢。一点儿准备没有，万一生个傻子怎么办？”

“怎么会？人家生那么多孩子都不傻，傻子就进咱家呀？”

“那可说不准，傻子投胎可是不长眼的，他不会因为你岳大亮爸爸开着大超市就错过你家门。你也别怪我说话难听，我也不是故意咒咱们自己，说不定那些傻子为了有个好的生存环境，专门挑拣着有钱人家投胎呢。”

“你今天怎么了？尽说些不吉利的话。”

“这不是不吉利，我的意思是怀孕生孩子一定要讲科学，一定要有准备，所谓不打无准备之仗嘛。其实我要求并不高，将来咱们孩子，男孩不要求他长得多帅，女孩不要求她长得多漂亮，也不要求未来的儿子或者女儿智商比一般人高，只要他们生出来不憨不傻不缺胳膊少腿，就行。”

“那你放心，这条件肯定能满足你。”

“大话你可别说前边，老时有句话叫‘说嘴扇嘴’，这意思是，越说你不会生出傻子，没准还越让你生一个。我一个同事就告诉我，说她一个亲戚，女孩心气特高，常常口气压人。女孩怀上孕一直跟别人讲，如果是个女儿肯定长得漂亮，说她老公长得帅，说她自己又是个大美女，按照遗传基因，未来的女儿不漂亮没理由。结果生出来还真是个漂亮女儿，遗传基因绝对没搞错。可是，漂漂亮亮的脸蛋上居然有一大块地图状的紫色胎记。这下，这位妈妈傻眼了，人前怎么也说不起话了。这时候，她才意识到前边大话扇了她的嘴。要是脸上有颗痦子还能用激光弄掉，这一大片胎记那可就没办法了。这下可好，女儿带给她的不是一脸骄傲，而是一辈子的悔恨和懊恼。看到女儿这张脸，谁都能想象出她心里多难受。她心里难受还是小事，女儿长大后，那该多痛苦啊。走到哪都让人指指点点，说实话，将来工作都不好找。"

"你们女人在一起，尽聊些神神道道的事。"

"说神还真是神，听同事讲，有人一看到胎记，就背后狐疑乱猜，说那女孩是在投胎路上走得急，脸不小心撞到树上留下的淤血。还有人讲得更离奇，说是管投胎的小鬼，故意作弄那女孩，投胎路上施来一阵风，让一片烂树叶贴在了那女孩脸上，没完全揭下来，搞成了现在的地图状。"

"全是瞎编的，一点儿科学依据都没有。"

"那肯定，其实……"

"好了好了，照你这样，担心这害怕那的，那咱孩子还要不要？"

"谁说不要？我意思是怀孕前，一定要有准备。"

“哎，晚霞，你月经错过三天了啊，按说前两天就该来的，是不是怀上了？”

苏晚霞一听脸色陡变，岳大亮什么事都粗，整天丢三落四，没想到这件事上心居然这么细。刚还想瞒着他去医院呢，岳大亮日子算这么准，还怎么去？就是去，也是去检查，偷偷做掉肯定不行，一直盯着这件事，岳大亮肯定会知道的，追问起来怎么回答他？风波闹大了暴露出林必成那就糟了。想到这，苏晚霞脑子里全乱了。

“没……没吧……或许今天会来的。”

“你每月那个事，都不会错过两天，今天再不来，那肯定就是怀上了。晚霞，我话得说前边，我不管你刚讲的那些神神道道的故事，如果怀上，这孩子一定要。”

“那我说那么多，不是白说吗？”

“你那都是瞎扯，老辈人一生就是七八个，都是顺其自然怀上的，没像你这么小心谨慎，一个个不是都挺好吗？看你又这又那的准备，要个孩子，隆重得跟你想怀个将军一样。”

“咱也怀不上将军，生个健康的孩子就满足了，你说老一辈人都是顺其自然，这不假。可是，以前老一辈人都不吃药，也吃不起，就算吃，那也是天然的没有污染的中药。现在什么情况你还不清楚？本身化学药品就对怀孕有影响，那些假药，还有小厂子生产的伪劣药品，更要命是药里含的那些激素……”

“晚霞，婚礼前，咱那几次事儿你没吃药啊。”

“那几次是没吃，可是，前边的前边吃没有？再往前吃没有？你怎么也得让我身体里的那些残留药物彻底消除吧？刚才还没说完呢，同事告诉我，说她亲戚生出那个带胎记的女儿，就是因为她自己爱臭美，之前吃过好多激素，正常情况，怎么能生出带胎记的女儿呀？”

“你简直什么都不懂，激素能生出畸形儿，没听说能生出带胎记的孩子。”

“还有，婚礼前那几天，我心情特别不安静，脑子整天乱哄哄的，这种情况，怎么能产生优质卵子？”

“晚霞，我不跟你说了，如果怀上，这孩子要定了。”

“你今天这是怎么了？我意思又不是拖多久，等我休整个半年，身体彻底干净再怀，这不是更好吗？难道你半年就等不到了？就差这半年？”

“等不到，实话给你说吧，这是我爸的意思，他怀疑自己得癌症了，在他临走前他要看到孩子。”

“你爸得癌症?！他要看到孩子?！”

听到癌症，听到是岳大亮爸爸的意思，苏晚霞一刹那的震惊，比岳大亮知道了爸爸得癌症，还要震惊。

第12节 正在交涉

“娄主任哪娄主任，你来我这一年多了吧？怎么你一直没长进哪？让你这个老同学当总公司办公室主任，让你管整个公司迎来送往，让你把后勤吃喝拉撒还有财务管起来，就是图我个省心嘛，你怎么一点儿脑子不动什么事都办不好啊？下午三点市领导要来咱公司现场调研，你还没办吧？给你说过多少次了不能有一丁点儿疏漏，一定要接待好，不要不舍得花钱，该买什么该办的一定要办，你是办公室主任，细节方面还让我具体交代你呀？贵宾室环境要好，摆上鲜花，摆上进口水果，走道电梯口都要摆上天然植物盆景，还要安排漂亮员工手持鲜花迎接。公司大门口要有欢迎领导莅临指导的充气拱门，红地毯从大门口一直铺到贵宾室，给领导要有接待国家元首那种感觉。晚上安排南洋粤菜馆豪华套间，‘水上飘仙’你也得提前定下来敲死，领导有没有时间去泡，宁可白花钱，这个环节也不能少。别说咱现在公司还赚钱，就算费用紧张这些场面开支也绝对不能少花一个子。你跟我这么久，这些最基本的常识怎么就不往心里去呀？”

中午吃完饭，娄云正在办公室沙发上小睡，突然听见门响，腾地一下从沙发上站了起来，接着就见到岳大亮来到他面前。娄云还没来得及打招呼，岳大亮劈头盖脸就是一顿没头没脑的训斥，娄云眨着眼睛望着岳大亮，大气不敢出，汗珠子滴答滴答就下来了。

“好了，你赶紧去办，不要依赖嬴丽，我跟她还有事干的。”

丢下最后一句，岳大亮旋即离开了。

“还老同学呢，怎么这种口气啊？有几个钱就这么傲慢？早知道这样，当初还不如不过来呢。”

看着岳大亮的背影，看着他把门嘭地一下关上，娄云这才松了一口气。走过去衣架上扯下一条毛巾擦擦脸，擦着擦着，娄云突然感觉不对劲。

“要做的都做了，也跟他汇报了，怎么会无中生有发这么大脾气？汇报的事难道岳大亮忘记了？”

“跟嬴丽还有事干？一男一女能干什么事？”

娄云突然想到了嬴丽，嬴丽就在他错对门的单间，跟岳大亮的大办公室门对门。说着，娄云整整头发紧紧领带出门，悄悄来到嬴丽门前。门虚掩着，娄云才要轻轻推开，忽听见岳大亮房间有声音，转过身发现岳大亮房门也是虚掩着，传出的声音正是嬴丽的。

“你什么时候离婚？”

“不用急嘛，时机成熟，我肯定会离。”

“你得给我个时间。”

“再过一年，一年可以了吧？”

接下来，就是两人窸窸窣窣缠在一起亲嘴，再接下来就是嬴丽哼哧哼哧的呻吟声。

“还真是有事干，还真是干这种事，说干就干上了？训斥我娄云一通，你岳大亮居然搂着美女在这里爽，你就不担心我娄云过来发现，你就不害怕我一脚把门子踹开？”

门外站着的娄云脚刚抬起来，忽然感觉楼道另一头走过来一个人。赶紧放下脚转过身，一看，是苏晚霞正朝这边走过来。娄云惊喜的同时，他认为苏晚霞来得真是时候。所谓捉贼拿赃捉奸拿双，门不用他娄云踹了，自然有人替他踹，好戏马上就开始了。娄云想幸灾乐祸看这场好戏，这种想法实际上只是在脑子里一闪，马上他就意识到不能让苏晚霞闯进去。闯进去对岳大亮，对嬴丽，对苏晚霞，甚至对他娄云全都不好。另外，他认为苏晚霞没有错，他不愿看到苏晚霞因那场面遭受打击。最重要一点，恰在这时苏晚霞出现了，这么好的与她单独见面的机会娄云不能放过。随即，娄云一边轻手轻脚迎上去，一边比画着不让苏晚霞出声，接着就把苏晚霞让进了他自己办公室，又接着反手咔嚓就把门反锁上了。

“怎么啦？发生什么事了？”

娄云神神秘秘的，苏晚霞又发现他进来把门反锁上，眨着眼睛一脸不解。

“我先问你，你这会儿来办公室干什么？”

“找岳大亮啊？打他手机一直关机，办公室电话也不接，我想知道他在不在办公室。刚见你站他办公室门外，你比画着不让我说话，难道他办公室有重要客人？还是市领导提前过来了？”

“都不是。”

“那是谁?！嬴丽在她房间?！”

不等娄云确认，苏晚霞转身就走，娄云一把抓住了她。

“晚霞，你冷静些，你贸然闯进去看见他们肯定发生不愉快，跟大亮撕破脸皮，最后吃亏的是你。”

“你这意思，他们俩真在里边搞呢？”

“刚才我去找嬴丽，走到门口突然听到大亮房间传来嬴丽声音，转身一看门虚掩着，先是听到嬴丽问大亮什么时候离婚……”

“什么?！嬴丽逼大亮跟我离婚?！”

“所以，我刚劝你不要进去，不能跟大亮撕破脸皮。大亮的脾气我清楚，他是吃软不吃硬，闹起来肯定是你吃亏。你这一闹，等于把赢丽往大亮怀里推，大亮这么大的家产，最后捡便宜的是赢丽。”

“那个赢丽逼大亮，大亮怎么说?”

“说让赢丽再等一年。”

“一年?！再等一年岳大亮就跟我离婚?！”

“所以你得赶紧想个办法。”

“我……我有什么办法?”

说着说着，苏晚霞的眼泪就滚下来了。

“岳大亮啊岳大亮，你个没良心的东西，有几个臭钱就不是你了？早知道你是这种人，当初真不该跟你结婚。追我的好男人不是你一个，就觉着老同学都互相了解，谁知道你还会变啊。一开始那几年你还挺正派的。你口口声声，说男人有钱就变坏，这些全都是些没素质的男人。我朋友都劝我让我小心点儿，说是钱多了再好的男人也挺不住，听到这些我一脸轻蔑，还跟人家说你们不了解我们大亮，我们大亮不是你们想象的那种男人，谁知道最终还是让朋友说中了。这几年我是怎么过来的，刚结婚没多久你爸爸就检查出患上癌症，那些日子全家为你爸爸忙，那些日子你一天也没顾过家。那一年我怀着小亮，你不但没一天照顾我，家里的活全家吃的洗的全是我一人操心，连你爸爸的饭都是我每天做每天送去医院。那些日子我整天心里七上八下的，上着班还想着给你爸做什么好吃的，这些你岳大亮想过没有？你爸爸去世，你接了你爸爸那一摊子，你更不着家了，你每天见这个见那个，回到家躺倒就睡，连一句话都懒得跟我说。女人需要跟男人呢喃温存，女人需要被男人宠着，女人需要有个撒娇的男人，女人需要发嗲，你整天不见人影，见面也没几句话，有些本该对你倾诉的话要说，见到你这个样子真让我憋闷，我还算个女人吗？嬴丽什么时候进的公司怎么进来的你连屁也没放过，知道她做了你的助理，我就整天提心吊胆，你口口声声说嬴丽不是那种女孩你也不是那种人，终于，你们俩还是发生了……”

苏晚霞边说边哭，哭着哭着，猛地一下搂住了娄云。

接着就去扒娄云衣服。

接着，苏晚霞跟娄云缠在一起。

等到高潮迸发的一刹那，娄云身子发软，突然睁开了眼睛。

“这究竟怎么啦？又梦见苏晚霞。”

娄云感觉内裤里有些湿，他蜷在沙发上没动，回味着梦境里跟苏晚霞那种比真做还要好的感觉。

“苏晚霞啊苏晚霞，你怎么一直在梦里缠着我？这究竟是我暗恋你，还是你暗恋我呀？你梦里有没有梦到我娄云？如果你有梦见我，是不是跟我一样，我不好意思告诉你，你也不好意思告诉我？你梦里三番五次对我做那些亲昵动作，甚至梦里你主动对我发飙，你现实里有没有思念过我？”

“奇怪的是……梦里苏晚霞又是哭又是说她那些婚后的事，我娄云怎么能知道？岳大亮爸爸得癌症一年后去世，还是第一次在南洋粤菜馆见到他时才知道的，苏晚霞怎么去医院送饭，怎么在家做家务，难道是那一次岳大亮讲的那点儿印象？”

“唉，梦啊，简直什么离奇的意境都能做出来。”

“还有，梦里大亮怎么会对我发脾气？他不是那种人啊，自从进公司，他有事总是商量的口气，一直把我看成老同学除林必成以外他最亲近的自己人，怎么会梦里出现那种反常表现呢？”

“没理由，没理由，可能因为苏晚霞，心理上产生对他的嫉恨。”

娄云按照老习惯，拿出纸和笔，准备把这梦原原本本记下来，包括岳大亮训斥他。只要梦里能回忆出来的星星点点他都要记，他想知道这辈子有关苏晚霞的梦，都究竟发生了什么。

正记着，门响了，岳大亮出现在娄云眼前。

“写什么呢？”

“没……没写什么，怕忘，记一些工作上要干的事。”

看见岳大亮，娄云眼睛闪烁着，有些慌乱，赶紧把那片纸折叠一下放进衣兜。

“养成这种习惯好，脑子里事太多，我也好忘，都是我把这几天要办的事先告诉嬴丽，嬴丽也是记下来到时候提醒我，没有嬴丽这个有能力的助手，还真是不行，这就不说了。明天下午三点，主管咱这一摊的副市长要来咱这看看，人家叫现场调研，嬴丽给你说了吧？”

这时，娄云心思还在回忆他那个梦上，岳大亮提到副市长要来，娄云一时没反应过来，吓得他一个激灵，他还以为是梦里说的今天下午三点呢。岳大亮最后一句问到嬴丽，娄云这才意识到嬴丽跟他讲过，时间是明天下午三点。

“说了，一会儿我就电话落实。”

“你进公司，接待市领导是第一次，别的我就不多说了，钱上不要省，方方面面要做好做足，一定给市领导留下一个好印象。这样，先打打电话，有什么问题让嬴丽协助你一下，最后定下哪一家你告诉我。”

“好的。”

简单交代完市领导来调研的事，岳大亮接着转了话题。

“哎，娄云，必成那些悬赏告示有没有反馈？有没有人打来电话？办完必成那件事，这几天忙得一直没顾上问他。咱们作为老同学，必成遭遇这么大变故，我忙得操不上心，你一定得多关照点儿他。”

“那是，咱三个这关系没得说，必成的事你放心，我肯定尽力。悬赏告示贴出来，听必成说有两三个人给他打电话，不过，必成说他们提供的线索全都没参考价值，电话都是冲着悬赏金打来的。”

“你看看，那天下着大雨，警方在探头里都没看出来，肯定现场也没有目击者，要说不让必成费那劲吧情理上好像说不过去。必成正在悲愤头上，硬劝他也于心不忍。我的意思是，肇事凶手能查到最好，实在查不到，应该早点儿调整一下心态。作为一个男人，最重要是有一个新的开始，不能一直被那件事笼罩着。你告诉必成，发生这么大事，别说必成是老同学好朋友兼公司的中层领导，就是一般普通员工，公司也不能没一点儿表示。事才发生没几天，现在马上给，感觉上跟必成的关系纯建立在钱上，还会有阻止必成追查凶手嫌疑。所以，娄云你给必成捎个话，公司给他补偿的事，过段时间肯定要办的。”

“我明白你的意思，你想让必成尽快进入工作状态。”

“是啊，必成兼任总公司采购部经理，他一不转，全公司就都不转了。不过，这话可不能给必成讲。”

“唉，必成老婆女儿都不在了，追查不到凶手，恐怕必成一时半会儿转不过来。必成说了，有人打电话说发生车祸那会儿，他正在林子边拉屎……”

“有这种事?!”

“必成说的。”

“那，那个家伙……”

“必成正在跟他交涉，至于那家伙看到了什么，目前还不清楚。”

第13节　躲在楼后

热闹非凡的幼儿园门口，有个头戴长鸭嘴太阳帽脸戴大墨镜的男人，缩着脑袋蹲在两个卖儿童玩具的小贩中间，手里拿着一个苹果Ipid（平板电脑），正在玩一种“切西瓜”游戏。

岳小亮小手被妈妈攥着的时候，眼睛就不停地往不到一步远的鸭嘴帽男人这边扫。扫着扫着，岳小亮就挣脱了妈妈的手。先是站到了鸭嘴帽男人脸前，小孩子也懂，觉着反着看不对，接着就转过身屁股一侧紧贴着鸭嘴帽男人，把视线调整为跟鸭嘴帽男人一个方向。

“小朋友，会玩吗？”

“会会会，我们幼儿园就有同学玩。”

“叔叔让你玩，咱去那边，这儿人太多了，玩不好。”

鸭嘴帽男人边说着，边顺手就把Ipid给了岳小亮。目标到手，鸭嘴帽男人站起来一手指着要去的方向，另一只手抚着岳小亮的脑袋，推着他就走。而岳小亮手一拿到Ipid，眼睛就一动不动地盯上屏幕。至于脚下往哪里去，全听鸭嘴帽男人摆弄了。

林必成为了把岳小亮偷偷搞到手，来幼儿园门前“卧底”，已经不知道多少次了。

“什么玩具最能吸引五岁的岳小亮？”

林必成颇费了一番脑筋，上网查，查出来五岁小男孩最喜欢“奥特曼”，林必成立刻去儿童玩具专柜买了几个不同的奥特曼，一个一个试着在幼儿园门口摆弄，结果让林必成大失所望，路过他眼前的小朋友，没一个对他手里的奥特曼感兴趣。林必成这才意识到，小孩子喜欢奥特曼不假，但这个小公仔很容易得到，可以说每一个喜欢奥特曼的孩子，肯定家里都有这个玩具。

“小孩子到家就可以玩，怎么会玩你林必成的呢？”

“再说，小孩子虽然小，玩具是谁的心里很清楚。现在家庭条件都好，即便有小孩子没有，看见你林必成手里那个，也不会被吸引过来站在你身边看着你摆弄，更不会从手里抢过去。肯定是看一眼感兴趣后嚷嚷着让妈妈给他买一个。”

“不行，不行，奥特曼绝对不行。”

“那，究竟什么玩意能强烈吸引岳小亮呢？”

“卧底”好几次后，有天，林必成看到一个家长手里拿着一个Ipid，一打开，不但让那个家长儿子一脸惊喜，旁边几个小朋友也呼一下围了过去。林必成也一个惊喜，赶紧走过去扫了一眼，发现那家长打开Ipid，玩的是一款切西瓜游戏。这下，林必成跟看到了成功一样，心里乐了。

“可是，岳小亮会不会对切西瓜游戏感兴趣呢？”

“感不感兴趣，怎么能知道呢？”

“还有最重要一点，苏晚霞接到小亮，每次都手牵着他紧紧的，怎么让岳小亮脱开啊？”

虽然没看到苏晚霞有过松手，但林必成发现，有家长一碰见熟人，跟熟人说上话，孩子就有松开大人手的可能。不过，林必成心里清楚，这种机会实在是太少了。

“那也得试试，不试，怎么达到目的？”

买来Ipid，装上切西瓜游戏，让林必成大喜过望的是，居然第一次来到幼儿园门前，就阴谋得逞。

林必成推着岳小亮脑袋，来到人稀路段，为加快速度离开，林必成抱起了岳小亮。本来林必成想穿过小街，赶紧打个车钻进去就没事了，可这时，岳小亮嚷嚷着找妈妈了。

“我妈妈呢？我妈妈在哪？”

“你妈妈在前面，她让我把你抱过去。”

“我不认识你，你不能抱我，你放下我，我去找我妈妈。”

“我认识你呀，你叫小亮吧？大名叫岳小亮，你妈妈在市政府上班，你爸爸是总经理，对不对？”

“你是谁?”

“我是你舅舅，就是你妈妈的哥哥呀。”

“我没舅舅，我妈妈也没哥哥。”

“你小孩子不懂，跟你妈妈关系好的，都是你舅舅。”

林必成担心打上车，岳大亮又缠着他找妈妈，让出租车司机怀疑上就麻烦了。于是，一边抱着他穿过小街，一边哄着岳小亮朝东方购物中心商场门口飞奔。

白杨林那次，苏晚霞透露她正在排卵期，最关键这一点林必成记在心里了。也是那次以后，林必成再也没见过苏晚霞。其间林必成给苏晚霞打过几次电话，苏晚霞一听是他，一句话没有马上就挂机。搞了几次，林必成觉着苏晚霞真生他气了，加上又是老同学又是他的初恋，加上他心里一直爱着她，再加上苏晚霞跟他最要好的老同学岳大亮结婚，林必成打从心里认为不能再伤害她了。一晃就是六年，六年间林必成内心深处一直有个秘密，他想知道那次苏晚霞有没有怀上，怀上的是不是他林必成的孩子，苏晚霞怀上会不会因为那次把孩子做掉。多方打听，林必成获悉苏晚霞婚礼后不到一年生了个儿子。又多方打听，林必成知道了苏晚霞儿子的出生月份。算了算，林必成大惊，正常的话，苏晚霞受孕时间，就是跟他林必成白杨林那次。林必成坐不住了，他决心搞明白岳小亮的爸爸是他林必成还是岳大亮。跟踪苏晚霞到她住的小区，那时候孩子太小又距离太远怎么也看不清。孩子长到五岁，林必成就去了市第一幼儿园门口卧底。苏晚霞带着儿子从幼儿园出来，伪装好的林必成一看见岳小亮，大老远就感觉心脏在不规律地乱跳。岳小亮太像他了，五官眉眼怎么看怎么像他，林必成当场就愣住了。

“可是……也有点儿像岳大亮。”

林必成多少年来一直没留意，这时他才突然意识到他自己五官跟岳大亮也有点儿像。

“究竟是谁的？”

“DNA验证，肯定一验一个准。然而，这得需要孩子法定父母开证明同意，而且去医院手续复杂，别说一时半会儿，就是一天也不见得能搞定，这怎么办？”

“如果知道血型，也能确定个大概。”

对血型常识林必成早就熟烂于心，去医院验血型需要排队等半天让林必成不能容忍。林必成不能让苏晚霞有过多担心，他必须只用一会儿工夫，办完，马上就把孩子送还。有一天林必成突然看见东方购物中心门口的小广场附近有家较大的私人诊所，他一打听，可以验血型。林必成乐了，他谋划着，从市第一幼儿园放学接到孩子来到这，就算走着过来时间也绰绰有余。仔细想想再也没什么漏洞后，林必成找了一个周五下午，开始了他的秘密计划。

可是，林必成抱着岳小亮急速赶到东方购物中心门口的小广场附近那家私人诊所，负责验血的医生居然请假没上班。

“这……这怎么办?”

林必成抱着岳小亮，就如同抱着一个烫手山芋，急出一身大汗。

“只有等明天了，可是，晚上怎么办？去宾馆住一宿，老婆叶映红那里怎么说呀？岳小亮一夜不归，苏晚霞跟岳大亮该急成什么样子啊?”

“管不了那么多了，反正岳小亮今天不能送回去。”

也是巧，林必成正说去宾馆开房间，就在这时，叶映红打来电话，说她妈妈感冒了，她说明天周六休息，她今天带小可在她妈妈家住一晚，好好陪陪她妈妈。

住宿问题解决，林必成抱着岳小亮去了超市，在超市里给岳小亮买了好多吃的。回到家，五岁的岳小亮有得吃有得玩，不再嚷嚷着找妈妈，林必成让岳小亮玩得十分尽兴，直到困得睁不开眼睛。

第二天一早，果然一切顺利，抽血样时岳小亮也没哭没闹。

拿到岳小亮血型，林必成一眼没看就把单子塞进了衣兜，然后打个车直奔苏晚霞那个小区。

苏晚霞住哪个小区林必成知道，哪栋楼哪个单元林必成也知道，就是不清楚住哪一层。印象中，苏晚霞住的那栋是个小高层，大约十五六层高。如果知道哪一层，林必成计划把岳小亮送到那一层然后关上电梯马上离开。现在林必成不知道究竟是哪一层，林必成让年龄才五岁而且是他亲生儿子的岳小亮自己进单元楼上电梯，他怎么也不放心。昨晚，林必成一边陪岳小亮玩Ipid一边打探，岳小亮一会儿说六层，一会说七层，一会儿又说不是不是是八层，究竟是几层，直到岳小亮睡着，林必成也没搞明白。

“不能进单元楼，万一让苏晚霞或者岳大亮撞见，那可就惹大祸了。”

来到苏晚霞所住的那栋楼的单元门口，林必成告诉岳小亮让他自己上去，紧接着林必成飞速跑到另一栋楼后面，眼睛紧盯着那单元门口。林必成心想，只要岳小亮进了单元过上半小时不下来，肯定就是回到了家。

林必成躲在楼后大约等了十来分钟，突然看见苏晚霞带着岳小亮，急匆匆从单元门口出来了，吓得他撒腿就跑。在楼群里转了几个弯，然后从小区另一出口跑了出去。

来到街上，林必成拦了个出租车就钻了进去。

第14节　奔驰线索

市领导现场调研完毕，第二天正赶上周六。为让林必成尽快调整心态，岳大亮安排大伙放松一下，提出找个地方陪着林必成散散心。娄云建议一起去山里钓鱼，岳大亮马上就同意了。说到钓鱼，岳大亮还真没这个爱好，平时忙得跟陀螺一样，根本没这个闲时间，但他感觉一个人坐在小河边眼睛盯着鱼漂，那种远离繁杂尘世的宁静，真的让他十分羡慕。三说两说定下来，一天的吃喝准备好，岳大亮驾着他那辆奥迪A6，载着林必成和娄云，向山里娄云常去的老地方驶去。

“必成，按说应该放你个长假，让你有时间一个人出个远门去各大山川转转，如果你真想出去，你开口，费用方面不管花多少公司全包。我没主动提出，是觉得肇事凶手还找到，你可能还没这个心情。再就是作为要好的老同学，心里隐隐约约有个担心：没个伴，你一人出远门在外面会想得更多，放你长假会不会把你的心情搞得更糟，这个我说不准。不过，这些都不是理由。说我自私也好，说我不体谅你我也承认，主要是考虑你那摊子离不开你，换个人替你十天半月，我还真不放心。昨天市领导来咱们公司现场调研，考虑到你没心情，犹豫一下没让你参加。市领导提出的第一个意见，就是严把进货渠道。现在报纸电视天天提到食品质量问题，你也清楚，公司经营的所有商品，跟全市大多数市民的吃喝息息相关，而你那个采购部，正是咱公司的咽喉。市领导来咱公司调研强调这一点，主要就是针对采购部的。万一发生什么事，影响咱公司经营不说，上头肯定要追查市有关领导的责任，咱不能给领导添这个麻烦。所幸，这几年过来，还真没发生过大事故。所以这几天，除了办你要办的事，还要你在你管的那一摊子多操点儿心。”

“我知道。”

“另外，市领导还提出，要在荷塘月色小区建一个更大规模的食品超市，地皮给咱们划出来了，要咱们配合开发商搞搞规划，再跑一跑银行，准备把这件事也交给你，你牵头去办……”

“那……”

“不是马上，领导那儿也才有个眉目，具体去办还早着呢，我是让你先心里有个底。必成、娄云你们俩都听着，一年前让你俩进来公司，我岳大亮不是一时冲动，也不是让你俩进来拿个高工资，一个好汉三个帮，我是真心想让你俩帮我。这里我也不瞒你们，当时苏晚霞激烈反对，说是你俩进来，一涉及利益关系会把从前老同学那份友情搞糟。可我不这样认为，我跟晚霞讲，别看以前必成跟你好过，你苏晚霞不见得有我岳大亮了解他，娄云什么脾气我更了解，他们俩都不是那种人，加上我对老同学涉及利益方面不斤斤计较，他俩肯定真心对我。其实，有一个最重要的原因我没告诉她。这之前，我大学一个也是关系比较不错的同学在省城开了一个小公司，生意正蒸蒸日上，突然有一天发生车祸，人说没就没了。现在车这么多，交通事故真的料想不到会发生在谁身上……”

“大亮，开你的车吧，你肯定没事。”

“我为什么没事？你娄云是阎王爷？你要是阎王老子，别说我，必成肯定不会发生那么大变故，正因为都跟阎王没关系，咱才得都操点儿心呢。你娄云一条命跟我岳大亮一条命一样，不一样的是，我不是有个大公司吗？我岳大亮万一有个不测，谁给我管理呀？老爷子不在了，我连个兄弟姊妹都没有，小亮才八岁今年才上二年级，晚霞在政府上着班……”

“哎哎，大亮，你今天怎么啦？来的时候没喝酒吧？”

“我说的是万一，同学葬礼我去了，那场面你娄云没亲眼看到，你没受到刺激，你没那种体会。你不在我这个位子，没管理一家大公司，你肯定不想那么多。一个人一生究竟会发生什么，谁也不知道。你跟必成都不是外人，我才这样说话没忌讳，你俩听就听了，就当一阵风，别把它放在心上，这种事的确发生的概率很小……”

“那肯定，不吉利的话也用不着再重复了，我跟必成都明白你的意思。”

正说着，岳大亮突然发现前边堵车了。

“你们看，这条道平时车子很少，肯定前边发生车祸了。”

车子出市区开了大约二十分钟就进入山道，堵车路段就在进入山道前不远。

“我下去看看。”

停下车，岳大亮下来，娄云跟着也下来了，两人穿过堵车长龙来到最前面，果然看到发生一起严重车祸，一辆拉煤大货车侧翻沟里，警方正把一辆被撞得严重损坏的黑色奔驰吊向路一边。

看着看着，岳大亮突然惊异了。

“哎，娄云，这辆奔驰是大商集团吴总的，不会错，黑色奔驰，车牌尾号三个6，怎么会是他呀？前几天，市领导召开商业口调度会，还见到他呢。”

“是他的车，人是不是他呀？吴总在不在车里还不清楚。”

岳大亮赶紧打听，问出的结果，发生车祸的就是吴总，吴总跟他的司机都伤得很重，半个小时前被拉走了。

“娄云，你看到了吧？车子还不是吴总自己驾，就这也挡不住出事。你俩还嫌我说些不吉利的话，我相信吴总出事前，肯定没想到，肯定什么也没说，事儿该出还是照出不误。”

“大亮，今天出师不利，咱不如回去吧？”

“怎么能回去？看到车祸就回去？担心车祸就不开车了？飞机偶尔掉下来一次，每天全世界上百上千次航班，成千上万的人都敢坐，甚至那些社会名流超级巨亨都敢坐，人家都不怕死就咱怕？汽车火车还有高铁，哪一种交通工具没有危险？如果担心出事，那只有坐在家里别干事……”

回到车里，十来分钟后拥堵车辆疏散，车子开动起来。

“必成、娄云，你俩听着，过段时间准备调整一下你俩的岗位，主要是想让你俩在各个部门各个环节锻炼锻炼，准备以后提你俩当副总。计划调整必成到解放路分店任一把手，荷塘月色小区那个项目什么时候启动到时候再说，不忙的话你就先一兼二。娄云也不能一直在总公司办公室，不具体熟悉下面业务将来你当上副总让你分管一摊你干不好，采购部是咱集团重中之重，必成那摊子你去接……”

娄云一听，心里就有了想法。

“怎么总是安排我在林必成后面呀?”

一上车，岳大亮提到市领导要在荷塘月色小区建一个规模更大的食品超市，让林必成牵头去干，娄云心里就有些疙瘩。这会儿岳大亮又说让娄云去接林必成那个采购部，虽然娄云乐意去采购部，但跟林必成去解放路分店任一把手相比，还是低林必成一个级别。而且还让林必成一兼二，整个集团公司的重担子全给了林必成。想到这，娄云心里更纠结了。

娄云一直认为，他跟岳大亮的关系比较好。从初中到高中三人形影不离，表面上根本看不出谁跟谁更好，但到了高一，林必成跟苏晚霞公开好上，娄云跟岳大亮在一起的时候就更多了，两人的关系也感觉比初中时更好。两人进了岳大亮的集团公司，林必成直接被安排进采购部，娄云进总公司办公室。当时娄云暗暗高兴，他觉着办公室不但跟岳大亮接触多，还跟市政府各部门接触也多，甚至偶尔还能见见市领导。还有，办公室主要负责外联工作，娄云感觉很好，他认为岳大亮这样安排从心里偏向他。可是，过段时间娄云熟悉公司内部情况后，他这才发现采购部才是公司最吃香最有油水的部门，不管是名牌大企业还是小食品加工厂的人，全都争相拍林必成马屁。发现这个秘密，娄云心里犯了嘀咕。

“大亮究竟对我娄云好，还是对林必成好呀?”

“怎么感觉，大亮对林必成更好。”

“按说，不应该呀。如果想起以前林必成跟苏晚霞，岳大亮难道不吃林必成的醋？想到这一点，岳大亮反过来更应该对我娄云好啊。”

“难道是苏晚霞枕边风吹的？”

“按照大亮的脾气，枕边风越吹，岳大亮越应该对林必成不好。”

“这究竟是怎么回事？”

娄云心里早就有这个疑问，这个疑问他始终解不开。

车子上了山道，不一会儿出现一条岔路，在娄云的指引下，车子拐进那条岔道，接着盘旋着翻过几座大山，穿过几个涵洞，又过一会儿眼前就出现了一座铁索桥，车子靠着悬崖边停了下来。

“娄云，你说你常来这？”

“是啊，你看这怎么样啊？”

“不错不错，这真的不错，以前总是顺着大路往西去，没想到拐进岔道，深山里有这么好的风景。”

从桥上下来，岳大亮踩着乱石来到小河边，一边用手撩着清清河水，一边四处张望。

铁索桥下面这条叫牤牛河的河河面并不宽，也就十来米的样子，桥下的水不深，河里鹅卵石清澈可见。顺着小河往下，湍急的河水突然变缓，形成一片小湖，娄云就经常在这里钓鱼。抬头看山，河谷两边青山叠翠，除了小鸟的叫声还有哗啦啦的流水声，再也听不到其他声音。

“大亮，你俩的渔竿撑好了，你们先钓着，我去找最佳位置。”娄云说完转身走掉了。

岳大亮来到渔竿旁，跟林必成肩并肩坐在一起，点上一支烟，转过脸跟林必成搭上话。

“必成，刚车里没问你，你那些悬赏告示有没有反馈？”

“有几个想骗悬赏金，提供的线索都不是那回事。”

“听娄云说好像有一个确实在现场？”

“那家伙也是想骗钱。”

“说说看。”

“那家伙说他那天在林子里拉屎，拉完屎来到林子边，他看见一辆轿车从他眼前过去了，接着他就看见距他十几米的地方叶映红和小可倒在那里。为了证实他那会儿在现场，他说他在林子里拉了一坨带西瓜子的屎，另外还有他擦屁股用过的报纸。”

“他说的这些，你没去现场检查一下？”

“去了，瓜子屎和报纸都有。”

“这么说，那家伙确实在现场？”

“应该是吧。”

“那他看到一辆什么车啦？”

“他说他看到了。”

“看到一辆什么车？”

“我觉着那家伙蒙我，想骗我五万元钱。”

“他不告诉你，是吧？”

“说了。”

“那究竟是一辆什么车？”

“他说是一辆奔驰。”

“奔驰？！什么样的奔驰？车牌号看清没有？”

“往下他就不说了，他要我把剩下的四万五千元钱全部给他，他才说。”

“这么说，你给了他五千元钱？”

“我也是没办法，不给他五千元钱，他连什么车都不告诉我。当时我也是确认了他在现场，就脑子一热给了他。可我一听他说是奔驰，我马上感觉他在蒙我，我认为他根本就什么也没看见。”

“必成，怎么说你呀，你真的被他骗了，他说是辆奔驰，你怎么也得让警方按照他提供的线索，找到那辆奔驰车钱才能给他呀。或者先少给一点儿，给他一千元钱。”

“我开始也是这样想，也是想先给他一千元钱，可那家伙不干，少了五千元钱免谈。”

“你见到他了？”

“唉，别提了，真是祸不单行，想起这件事就觉着办得窝囊透了。”

“究竟见了还是没见？”

“他不同意见面，他骗我五千元钱，肯定害怕我事后报警。一开始我没意识到这一点，就糊里糊涂答应了他。电话里谈好价，他让我把五千元钱用报纸包上装在塑料袋里，然后埋在白杨林他拉屎的那个地方，他在林子里藏着，我一埋好他就打电话让我离开……”

“收到钱，他电话里告诉你是一辆奔驰？”

“是这样。”

“这么说，那家伙是个干什么的你也不清楚？”

“不清楚。”

“唉，你呀必成，我真的没话了，这么精明个人居然让一个无赖骗了，你下一步打算怎么办？”

“还能怎么办？肯定不会再给那家伙钱了，警方那里打过几次电话也没结果，只好听天由命，下一步我准备自己展开调查。”

这时，娄云在小湖的另一边喊叫起来。

“喂喂！你俩说够没有？”

……

“说够了就换个地方来这里。”

第15节　超出常理

看着太阳已经偏西，娄云从水里拉出网兜查看战果，点点数总共才钓到六七条鱼，而且都是些连二两都不到的小鱼，跟平时每次都有超过一斤重的五六条鲤鱼相比，今天真是太不顺了。娄云把今天的不顺全怪罪于岳大亮，岳大亮一路上那些偏向林必成的话让他闹心，给他带来不好的心情。自己心情不好，鱼就不会上钩，这是娄云钓鱼总结出来的经验。接着，娄云又想起路上岳大亮讲的那些不吉利的话，他一边开着车，还一边说他有一天会被车撞，说着说着就碰上一起严重车祸。想到这，娄云拿定主意，回去不能跟他俩一起走，今天真的出师不利，返回路上说不准会发生什么。

“娄云，天不早了，该回去了。”

小湖对面，岳大亮喊道。

“你们先走，我再钓一会儿，天越晚鱼越上钩。”

“什么？你不跟我们一起走？”

“是啊，你们先走。”

“那你怎么回去呀？”

“别管我了，我路上会搭个车的。”

“那我们走了，你别太晚。”

“路上小心啊。”

岳大亮跟林必成一离开，娄云脑子里那个闹心又翻腾起来。

“林必成究竟怎么啦，你岳大亮对他那么好？”

“论能力，没看出林必成有多强啊？”

“如果说林必成老婆女儿发生车祸，作为老同学，你岳大亮不让他过多伤感，可你不是说过过段时间会给他一些经济上的补偿吗？何必工作上承诺他那么多啊？还将来让他当副总？”

“论三人关系，林必成跟你，怎么能比我娄云跟你关系好？”

“什么原因你对他那么好？一路上想着这也不是那也不是，难道还是出在苏晚霞那儿？”

“可是，出在苏晚霞那儿，情理上才讲不通呢。你岳大亮明知道林必成一直爱着苏晚霞，初中就不说了，从高一到高三，甚至大学毕业以后这么长时间，谁能保证林必成跟苏晚霞没有那种事？大亮你那么精明，难道一点儿不怀疑？一点儿不吃他的醋？一点儿不嫉恨林必成？”

“莫非……莫非，你俩之间有秘密？跟苏晚霞搞三人游戏？不不，要搞肯定不是三人，那样，岳大亮太吃亏了。要搞肯定是四人，林必成老婆长得清雅秀丽，比起苏晚霞，喜欢游泳的叶映红在岳大亮眼里，很可能更具诱惑力。老婆都是别人的好，林必成不是一直想着苏晚霞嘛，或许岳大亮心里也早就想着叶映红呢。可是，叶映红不是出事了吗？四缺一失去对等，怎么你岳大亮还对林必成那么好？”

“如果这些都不是，那就只有一点，岳大亮干那种事不行，故意让还一直爱着苏晚霞的林必成鸠占鹊巢。”

一直解不开岳大亮心中那个谜，想着想着，娄云就想歪了。

接着，娄云想到了自己。

“苏晚霞呀苏晚霞，你究竟爱我娄云不爱？”

“我娄云做了那么多梦，每次梦见你，你在梦里都说爱我。而且还有几次，你梦里爱我爱得那么的没有顾忌，难道这些强烈的梦电波，晚霞你一点儿也没让你感应到？这辈子，最让人遗憾的就是误会，最让人遗憾的就是咱俩互相暗爱着谁也不知道，最让人遗憾的就是我梦到你时你也梦到我，咱俩就像隔着一道浩渺的银河，信息两不通。”

“苏晚霞，梦里出现你一晃就是十五六年，光是记下来的，就不知道多少次了……”

娄云突然站起来，来到了那个铁索桥下。

攀上去，手摸索着伸进那个有洞的缝隙，拿掉伪装石块，把那个铁皮茶叶盒取了出来。

娄云坐在桥下，怀里抱着茶叶盒，打开，取出他那一沓梦，数了起来。

正数着，手机突然响了。

看到一个陌生号码，娄云犹豫一下，还是按下了接听键。

“我是晚霞。”

“什么?！你是晚霞?！”

娄云一万个没想到，苏晚霞会给他打电话。听到苏晚霞的声音，娄云激动得全身血液都沸腾了。手有些发抖，嘴也有些发抖，赶紧把他那些梦放进茶叶盒，站了起来。

“晚霞，你说，找我有事?”

“大亮跟必成出事了，回来路上跟大车撞了，正在医院抢救，你赶快过来。”

电话里苏晚霞声音急促，告诉娄云是哪家医院，就挂了电话。

娄云惊呆了，手机贴在耳边，跟雕塑一样，就那么一直贴着。

“才离开一会儿，怎么就出事了？怎么就跟大卡车撞了呢？怎么就送去了医院抢救?”

“大亮有预感，他料到了，我娄云也料到了，没料到的是林必成。”

“这下……这下全都结束了……”

娄云突然仰天大笑，笑声在铁索桥下震颤，河谷里所有植物全都在震颤。

接着，娄云赶紧把茶叶盒放回原处，收起钓竿放进包里，深一脚浅一脚攀上山路。穿过铁索桥这条山道的车辆很少，娄云沿着山道一路飞奔。上了大路，拦下了一辆面包车。

“林必成伤得怎样？有没有生命危险？”

“大亮呢？既然在医院抢救，肯定都伤得不轻吧？”

“这下好了，两人就算不死，暂时也什么都不能干了。人算不如天算，你岳大亮一直安排我在林必成之后，你现在再让林必成去干？再让他去解放路当一把手？再让他去牵头荷塘月色那个最大的项目？他还能吗？你自己料到出事，怎么没料到林必成跟着你出事啊？”

“这下好了，月亮湾美食集团这么大一个公司，该我娄云大展拳脚了。虽然心里有些嫉恨，表面上跟大亮的关系搞得还不算坏，加上老同学苏晚霞这层关系，除了我娄云，集团公司临时负责人，岳大亮再也找不到另外人选。”

“最让人兴奋的是，以后跟苏晚霞就有机会接触了。

见到她，一定得问问她究竟爱不爱我，一定得问问她梦里有没有梦到我，一定得问问她多少年来她对我娄云究竟是个什么印象。”

面包车进了市区，娄云下来另打辆出租车，直奔那家医院。

来到医院，娄云发现岳大亮和林必成并没有在抢救室被抢救。娄云还以为自己走错了医院，一问值班医生，这才知道他们俩已经送去了太平间。

“死了?！两人都死了?！”

娄云这时的惊喜只有他自己清楚，冲进太平间，只见苏晚霞一人孤零零站在那里。

“晚霞……”

“一直等你，你可算来了。”

“大亮跟必成……”

“都死了。”

“怎么会死了呢？怎么会出这么大的事？才一会儿，刚他俩还跟我在一起……”

“死了就死了，人早晚总是要死的。”

娄云看一眼盖着白布的两具尸体，看一眼苏晚霞没有一点儿悲伤的样子，再看一眼空荡荡的房间，娄云眨着眼睛，心里好生奇怪。

“晚霞你……你怎么不哭啊？大亮、必成可都是你爱的人啊！”

“娄云你还被蒙在鼓里，我不爱大亮，更不爱林必成，我苏晚霞爱的是你娄云。明告诉你吧娄云，我苏晚霞早就盼着他俩死呢。既然盼着他俩死，我怎么会哭呢？老天真是长眼，终于让他们俩死了。”

“晚霞，你这话我越听越糊涂，先不说必成，你怎么会不爱大亮？”

“你有所不知，从一开始我就不爱岳大亮。当时大亮一直追我，他说他家里有钱，跟他结婚我肯定幸福。我想得远，我觉着大亮家里那么有钱，以后过日子肯定不会好好待我，加上大亮那个倔犟脾气，没结婚前就不能让我忍受。可我爸妈一直觉着大亮人不错，硬逼我跟他成，我也是不想让爸妈生气，就这样糊里糊涂跟他结了婚。”

“那，林必成呢？这几年你是不是还一直爱着他？”

“早就不爱他了，高中时候跟他好，是因为他长得帅，现在才知道，人长得好不能当饭吃，以前太天真了，尤其后来发现林必成人品不好，我对他就更失望了。”

“原来是这样啊。”

“娄云，你好糊涂，我从初中到高中一直爱着你，你难道不知道？”

“什么?! 你说什么？你一直爱着我？”

“是啊，你怎么不主动找我？你如果主动，我肯定不会跟岳大亮结婚。”

“可我，我不能跟大亮比呀？人家大亮那么有钱。”

“有钱？就是因为岳大亮有钱才让我不爱他的。男人有钱就变坏，没跟他结婚前我就担心这一点，可岳大亮说他不是那种人，我当时信了他。现在我才知道，什么样的男人也经不住诱惑，男人一有钱，冲着钱去的漂亮女孩在他身边发贱，再好的男人也挺不住，果然让我说中了。婚后不久，岳大亮接替他父亲当上总经理，立马就招来一个漂亮女孩……”

“你说的是嬴丽吧？”

“不是她还有谁？嬴丽当上他的助手，办公室还在他的对面。自那天起，我整天提心吊胆地防着她。我几次让岳大亮辞掉嬴丽，可他就是不听……”

“好像嬴丽不是那种女孩。”

“不是？你怎么知道不是？他们之间发生什么，还能让你娄云知道？有一次，哦，不不，好像就是前几天，中午吃完饭心里一直不踏实，头一沾枕头就做了一个梦，梦见岳大亮正在他办公室跟嬴丽乱来，我一下就惊醒了，醒来马上就去了公司，到了公司就抓了个正着……”

“天哪！晚霞，你知不知道？你去公司还是在梦里，你的梦跟我的梦相通了。我那会儿吃完午饭也在办公室小睡，也做了一个梦，梦里不但梦见嬴丽在大亮办公室，还梦见你急匆匆从楼道走了过来，怕你进去大吵大闹伤身子，我赶紧阻止你把你拉到了我的房间。突然梦醒后，发现什么也没发生。”

“怎么会没发生？怎么会在梦里？你娄云怎么这么糊涂？我逮着他们不是一次了。一想起他跟嬴丽，就把我气得浑身发抖。正说要跟他离婚呢，正心里盼着他死呢，他突然被大卡车撞死了，这下婚也不用离了，省事了。你还说我怎么不哭，我哭得出来吗？”

“大亮和必成都死了，你打算怎么办？”

“怎么办？咱俩结婚呀？你老婆不是不能生孩子吗？正好，你跟她离婚。”

“这……”

“娄云你不要再糊涂了，咱俩结了婚，你就是总经理，集团公司所有财产全是你的，你现在知道了我苏晚霞一直爱着你，这次你再不答应我，我就一头撞死在你眼前。”

说完，苏晚霞扑到娄云怀里，哇哇哇大哭起来。

哭声惊醒了娄云，娄云睁开眼睛，看看屋顶，看看天大亮的窗户，再看看墙上的钟表，这才知道是在自己家的床上，这才知道自己又做了一个梦。娄云两只胳膊伸向空中叹口气，一脸无奈地摇了摇头，顺手又拿出笔记本和笔，头靠着床背写起来。

昨天跟岳大亮、林必成钓鱼回来，累了一天冲个凉躺倒，娄云怎么也睡不着，脑子里翻来覆去想着岳大亮那些刺激他的话，越想睡越觉着脑袋嗡嗡响。打着手电筒看了几次时间，直到最后一次凌晨一点半，才感觉朦朦胧胧睡去。

“日有所思，夜有所梦，这次可是真的了。昨天在小湖边钓着鱼，脑子里就一直想着岳大亮和林必成突然发生车祸死掉，这些乱七八糟咒他俩死的思绪，真的进到了梦里。”

“如果梦境成真，那该多好啊。前段时间，老婆罗明珠一直想要过继她远房亲戚的一个孩子，不答应她便一直嚷嚷跟我离婚，现在正好，离了跟苏晚霞结婚。苏晚霞有个儿子，再跟她生个女儿，月亮湾集团那么大的公司交给我，就算董事长不是我娄云，钱肯定随便花吧……”

娄云一边记着刚才那个梦，一边想入非非。突然，老婆罗明珠一巴掌打在他头上。

“又写什么呢？还想做你那个作家梦啊？”

“你看你，你这一巴掌下来，把我作家梦给打碎了，刚想起一个情节，忘了。”

“忘了就起床，起来该干啥干啥。”

“该干啥？今天礼拜天休息，我就不能多躺会儿？”

“娄云，正事该说还得说，咱结婚都五年多了，请中医看了个遍也不管用，你又一直不让做手术。不能怀孕这点儿短处，让我在你面前一直说不起话，可也不能一直依着你。我农村那个亲戚又打来电话了，说是要的话就早点儿抱过来。你今天说个亮堂话，那孩子要还是不要？不要咱就做手术。咱俩一直没孩子，你自由自在玩了这么多年也该结束了。最关键是我妈，我妈一直催。”

“林必成家里发生那么大的事，这几天他跟没魂了一样脸上没一点儿笑容，看着我心里都难受。老同学又是关系那么好，我不能看着不管，等我忙完他的事再说，好不好？”

“哦，对了，一直想跟你说呢，把我表妹介绍给林必成，你看怎么样？”

“谁知道林必成会不会看上你表妹，昨天钓鱼回来路上，岳大亮还说给介绍一位呢，说是大亮大学同学，刚离婚没孩子，长得特像苏晚霞……”

“像苏晚霞？岳大亮说的？”

“是啊，岳大亮倒是一脸不在乎，他说苏晚霞是必成的初恋，给他找一个像苏晚霞的，他不会不同意。”

“岳大亮到底是个大老板，心胸真够宽的，对林必成那么好，换上谁也得嫉恨他。”

“我也感觉岳大亮对林必成好，好得简直超出了常理。”

“林必成怎么说？”

“没吱声，心里肯定愿意。”

“我表妹虽然不像苏晚霞，你见过的，人长得比苏晚霞差不到哪儿，而且是个大闺女。”

“那找个时间，你去跟林必成说。”

这句说完，娄云埋下头，又接着写他那个梦。

第16节　亲子鉴定

慌慌张张的林必成出了苏晚霞那个小区，在路边拦下一辆出租钻了进去。平复心情后，掏出岳小亮那张验血单。打开仔细一看，林必成一下子就激动了。岳小亮是B型血，他自己也是B型，这下岳小亮是他亲生儿子没错了。林必成刚一兴奋，突然意识到有些不对。

“如果岳大亮也是B型血呢?”

阴谋实施前，林必成上网查过，血型亲子验证准确率达89%，想想没办法做DNA鉴定，林必成只有采取血型办法先知道个大概。林必成急切想弄明白岳小亮是不是跟他有血缘关系，网上只看了一眼血型准确率，就再也看不下去。刚才看清楚岳小亮是B型血，现在突然想到岳大亮或许也是B型，如果真是，那就没办法确认岳小亮是自己的亲生儿子。接着又想到苏晚霞，苏晚霞是什么血型他也不清楚。这时候，林必成才知道自己冒冒失失干了一件蠢事。

回到家赶紧上网细查，林必成找出一张亲子验证血型对照表，看着表格上那些配对，林必成晕了。表格上显示：B+A，B+B，B+AB，B+O，如果父母一方确认B型，只有这四种能生出B型孩子。另外，表格上还有两种A+AB、O+AB也能生出B型孩子。这意思，抛开岳大亮跟林必成的血型一样不说，如果苏晚霞是B型或者AB型，岳大亮不管什么型都能生出B型的岳小亮。反过来，苏晚霞跟岳大亮都不是B型血也不是AB型血，两人都跟B型不沾边，这样才不会生出B型血的岳小亮。一分析这个表格林必成才知道，虽然血型亲子验证准确率达89%，但对林必成来说，完全没有参考价值。

“这就是说，苏晚霞必须是A型血或者O型血，岳大亮也必须是A型血或者O型血，岳小亮才跟岳大亮没有血缘关系。”

“苏晚霞什么血型不清楚，就算能问出来，还必须知道岳大亮的血型，这就难了。”

“别说跟岳大亮血型一样，岳大亮和苏晚霞两人其中一个是B型血或者AB型血，那就必须做DNA鉴定。”

林必成没办法了。

不过，林必成并没有气馁，他想见苏晚霞一面，先探探她。

岳小亮一夜未回家，家里就这么一个孩子，还是个宝贝男孩，全家担惊受怕闹腾成什么样林必成不清楚。

如果从五岁的岳小亮嘴里套问出一个长什么模样的叔叔抱走了他，苏晚霞会不会第一个想到他林必成？如果想到他，苏晚霞肯定会气得发疯。她正在气头上，林必成不能马上见她。何况联系上苏晚霞，苏晚霞见不见他还不一定呢。想到这，林必成决定过段时间再说。

劫持岳小亮一周后的一天，让林必成没想到的是，反而是苏晚霞主动打电话给他，两人约在一家茶楼见了面。

“林必成，你究竟想干什么?!”

苏晚霞上来就没好气，杏眼冒着火质问林必成。

“怎么了？发生什么事了?”

林必成早就想好了，苏晚霞问起那事，他不能承认，要承认也至少得等苏晚霞消了气。

“别装洋蒜了，你干的好事你不清楚?”

“咱俩一晃六年没见面了，见到老同学火气这么大?我干什么了？你说?”

“上周五下午在幼儿园门口，是不是你抱走了岳小亮?”

“岳小亮是谁？我都不知道你说的是谁，怎么是我抱走了岳小亮?”

“小亮是我儿子，不是你抱走他，是谁?”

“这么说，你儿子在幼儿园门口丢了？被人抱走了?”

“你还装糊涂？儿子第二天一早自己回到了家，问他，他说是一个高个子叔叔，这个高个子叔叔除了你林必成还会是谁？你还让孩子喊你舅舅，在你这个舅舅家住了一夜不说，你还让小亮去医生那里扎了一针。我一听就明白了，你说你林必成，你究竟想干什么？”

“你把我吓死了，我还以为你儿子小亮真让人抱走了呢。”

“我把你吓死？你才把我吓死了呢！你林必成怎么能干出这么缺德的事？在幼儿园门口一发现小亮不见了，我浑身发抖两腿发软得站都站不住，你知不知道？我赶紧给大亮打电话，我们两个在幼儿园门口，幼儿园里边，幼儿园周围各条小街，以及幼儿园回到我们家的路上，全找遍了。给同事，给亲戚，给小亮同班的小朋友家长打电话，也几乎全打遍了，我们全家能出动的全都去找，直到夜里十一点小亮还是没回来。大亮确认，小亮肯定被绑架了，我们赶快报警。报了警，大亮开着车整整一夜都在找，我也是整整一夜在家等他的消息。天亮大亮回来，再一次确认小亮被绑架，他说赶紧准备钱吧。说完，他就去了银行。大亮出去大约半个小时，小亮自己回来了，我抱住小亮哭啊，听小亮说是一个高个子男人抱走他，我就突然想到了你。想到你，就拉着小亮下楼追你。可是，下楼后，哪也看不到你的影子。”

“你怎么一直认为是我？高个子男人多了！”

“小亮说你带着他医生那里给手指头扎了一针，你想知道小亮的血型，你想知道小亮是不是你的……”

“哎，晚霞，你等等，我还真想知道，小亮是不是我的？”

“怎么会是你的？我跟岳大亮结了婚，我苏晚霞怎么会生你林必成的孩子？你别做好梦了。”

“六年前，白杨林那次，还记得你说过，那会儿你正在排卵期。”

“你那次把我害得好苦，你居然还有脸提？”

“这意思，你那次真的怀上了？”

“什么怀上了？你以为你是商场买东西啊，就那一下子就能怀上？”

“赶巧了，怀孕可不就是一下子。”

“林必成，我不给你开玩笑，就算怀上，我也得做掉，我绝对不会生你林必成的孩子。”

“哎，你小亮今天几岁？”

“你问几岁干什么？难道你还怀疑小亮是你的？”

“不告诉我你究竟怀上没有，我肯定怀疑。这里我也不瞒着你了，白杨林那次听说你在排卵期我就记住了。后来打听到你生了个男孩，又打听到孩子是第二年七月份出生。按十月怀胎往前推，正好在头一年你跟岳大亮婚礼前，也就是国庆节前半个月怀上的，这个时间正好跟咱俩白杨林那次吻合。这件事一直记在我心里，也一直想确认一下小亮是不是我的。可那次以后打你几次电话，你一见是我就挂机，我知道你真生我气了。一晃就是四五年，打听到你孩子在市第一幼儿园，我就想去看看孩子究竟长得像不像我。有一天看到你牵着小亮手从幼儿园出来，我一看就觉着吃惊，赶紧掏出手机拍了张照片，回家在电脑上跟我小时候的照片比较，居然跟我一个模子拓出来一样。于是，我就精心策划了那次带小亮去验血……”

“原来真是你呀？你林必成干那件事真够缺德。”

“干哪件事？白杨林，还是带小亮去验血？”

“你装什么愣，这不是一件事吗？”

“晚霞，一件也好，两件也好，总之，发生白杨林那次，我林必成一直觉着对不住你，一直感到心里内疚。正像你刚才说的，怀孕不是商场买东西，原以为你不会怀上，原以为你即便怀上也肯定会做掉，谁知道你……”

“孩子不是你的，你林必成别高兴得太早，孩子长得更像大亮，大亮对孩子很好。”

“这么说，咱俩那次前后，你跟大亮也有过？”

“林必成，我再也不想见到你了，你以后给我滚得远远的，越远越好。”

“这怎么可能？我还惦记小亮呢。”

“你有什么资格惦记小亮？你让我说多少次你才相信？小亮不是你的，你听明白了吗？”

“晚霞，想让我相信，你得拿出证据，你给小亮做过亲子鉴定？”

“我们一家好好的为什么做亲子鉴定？再说，做不做亲子鉴定是我跟大亮之间的事，跟你林必成有什么关系？好了好了，我跟你说不清，不跟你说了，咱俩从初中到高中那点儿情意就算结束了，拜托你了，以后大路通天，咱俩各走一边，好不好？”

说着，苏晚霞站起来就要走，林必成一把按下了她。

“晚霞，你不能走，今天咱俩必须把话说完。”

“你还有什么要说？”

“听刚才你意思，孩子没做亲子鉴定。要我说，趁小亮五岁还细皮嫩肉，看不出究竟像谁，不如早点儿做个鉴定确认一下，等孩子长大了真看出来像谁，那麻烦就大了。”

“你不是给小亮验过血型了吗？小亮什么血型你清楚了，血型是不是跟你一样你也清楚了，你认为小亮是你的，那你就那样认为吧，你还要我做亲子鉴定干吗？”

“小亮什么血型想知道吗？”

“我不想知道，你不要告诉我。”

“光知道小亮血型不行，还必须知道你跟大亮的。晚霞，你俩什么血型能不能告诉我？”

“做梦去吧，我绝对不会告诉你。”

“晚霞……”

“不要说了，你知道你就因为白杨林那一次，你林必成给我带来多大的痛苦。既然你想把话说完，那我今天就敞开讲，那次以后过了半个月，我发现怀孕了，不清楚是大亮的还是你林必成的。我跟大亮结婚，绝对不能不怀上他的孩子。那几天吓得我不敢跟大亮说，想瞒着他偷偷做掉。可是，如果大亮不陪我去，一个人去医院做人流，最担心是遭医生冷眼，把我看成坏女人，对我态度蛮横，狠手狠脚地给我做，那我就惨了。更让我担心是我回到家，刚做完流产肯定跟正常人不一样，大亮肯定要问个究竟。如果发现我做了，问我为什么瞒着他做我怎么回答？然而，这一切都还没发生，大亮就知道我怀上了。我来例假一向前后不差两天，日子大亮比我算得都准，错过第三天大亮就给我来了个一锤定音。那天，我找了千万个理由说这孩子不能要，在他面前我求他，几乎就要给他跪下了。可大亮一口不改，这孩子坚决不能做。给我的理由几乎让我崩溃，说他爸爸患了癌症，剩余时间不到一年，他爸爸要在走之前看到孩子出生。大亮话说到这份上，我那千万个理由就根本不是理由了，再讲，大亮肯定会怀疑上我。一点儿办法没有了，我只好请求菩萨保佑，我去了山里那个清凉寺，把我跟你林必成犯下的那次大错，把我心里的那个纠结全都告诉了菩萨。我一边期盼着菩萨保佑孩子是岳大亮的，一边忍受着你林必成，忍受着你这个魔鬼的折磨。就这样，在不能跟任何人言说的痛苦中我生下了小亮。等到孩子有个人样，就天天观察着孩子像谁。你林必成哪里知道，我这几年是怎么过来的。有时候看着孩子像大亮，有时候又看着像你林必成。一感觉像你，我就心如刀绞，整天搞得我一惊一乍心乱如麻，没一天好心情。那天，你带走小亮，又送回来，问小亮确认是你，你知道我多害怕？如果小亮告诉他爸爸，大亮怀疑上你林必成，再看看小亮长得像你，那我们这个家整个就塌下来了。幸亏大亮那天一早去了银行，大亮一回来，我不让小亮跟他说话，直接告诉他，孩子说是一个叔叔抱走了他，肯定那家伙想绑架小亮，肯定后来后悔了，这才把孩子送回来。大亮一听就怀疑是熟人干的，追问我那男人长什么模样，我直接告诉他，孩子说是一个高个子叔叔。我当时急中生智，考虑从我嘴里说出来，反倒不会引起大亮怀疑。就这样，大亮还是不放心，接着又把小亮叫过来问了一遍，小亮跟我讲的一样，根据小亮描述，大亮没想到是你。我猜测，很可能是你很多年没跟他联系了。后来他觉着没办法确认熟人里是谁，他这才慢慢消了气。小亮描述你那会儿，吓得我心脏跳得怦怦响，感觉脸都发白了。林必成啊林必成，就因你那次，几年来你把我折磨死了。你还让我做亲子鉴定，滚你的蛋吧。万一查出是你怎么办？以后小亮越长越像你怎么办？”

苏晚霞突然不讲了，头埋下去呜呜呜哭出声来。

第17节 天理不容

“哎，大亮，小亮今年几岁了？比我们小可大还是小？”

“你看你，必成，啥记性？给你说过多少次了，小亮今年八岁，上二年级了。”

“小可七岁，才上一年级，女孩肯定不如男孩，小亮学习一定不错吧？”

“嗯，现在还可以，不过，小时候看不出，一到初中肯定不如女孩。”

“错错，你说的正相反，女孩一到初中事儿就多，青春期反应比男孩厉害，学习上绝对不能跟男孩比。”

“也不是都这样，女孩初高中超过男孩的也不算少。”

“实际上，最后学习好的还是男孩多。”

“弟妹管孩子那么严，不会让小可成绩下来吧？好像你说过，小可周末还学着美术？”

“怎么？你也想让小亮学？”

“有这个意思，市里哪个美术老师教得好啊？我什么情况也不清楚。”

“白杨林东偏南有个小区，那有个美术老师教得不错，据说是中央美院毕业的学生，叶映红学校老师介绍的，小可就在人家家里学，每周六下午去。”

“下午几点到几点？”

“人家老师中央美院毕业，慕名找上门的家长特别多，老师光一个下午就有四个班，一点开始，一点到三点一个，三点到五点一个，还有五点到七点和七点到九点的，小可报的是五点到七点那一班。周六，每次吃完午饭，叶映红先带着小可去那片白杨林，让孩子看着林子里那些雕塑先练习，白杨林距离老师家骑电动车也就十来分钟，她们俩四点四十分准时收拾东西离开，正好磨磨蹭蹭收拾好东西，路上再走十几分钟，这样，刚好五点走到老师家不用在门口等。”

“时间安排这么紧凑啊？”

“老婆就这脾气，不给孩子留一分钟闲时间，除了美术，还有钢琴、英语、游泳什么的都让孩子学。”

“这样好，你女儿长大，肯定是个大才女。”

“但愿吧。哎，大亮，小亮除了让他学美术，是不是也让他学学钢琴啦游泳啦什么的？”

“必成，我发现你这么关心小亮，你肯定喜欢他吧？”

“不不……也不是，我觉着小亮是个男孩……”

“你看啊，我有个不切实际的想法，也没跟苏晚霞商量。咱俩既是老同学，关系又那么好，你喜欢小亮，我也喜欢你们小可，咱现在集团公司发展势头这么好，有关老百姓吃喝这种生意，以后发展肯定会更大，我心里老是琢磨着肥水不能流入外人田，咱又都是一个孩子，不如这样，让两个孩子先定个娃娃亲，你看怎么样？”

“天哪，你这想法跟我老婆想在一起了。”

“什么?！叶映红也同意?！”

“也不瞒你，她一直想托罗明珠去跟晚霞说，我坚决反对。”

“你反对什么？弟妹同意，这不正好吗？”

“恐怕不行吧？大亮，两个孩子大了有什么变化不清楚。再说，他们以后长大，咱当父母的做不了他们的主。还有，咱当父母的硬把孩子扭在一起，会影响他们的成长，不行不行，肯定不行。”

……

自从林必成进来岳大亮的集团公司，两人一见面，工作上的事说完，就有一搭没一搭地谈起孩子。首先林必成特别关心岳大亮的儿子岳小亮，而岳大亮也特别关心林必成的女儿林小可。

岳大亮把林小可学美术的时间地点全摸清后，专程去了那片白杨林实地查看和打探，几次藏在林子里窥视她们母女，发现跟林必成描述的规律完全一致。而且更让岳大亮放心的是，那片白杨林虽然人很多，但母女俩画画的地方却几乎看不到人影。接着考虑把车藏在什么地方，路线怎么走，一一确定下来，岳大亮开始行动了，他要把暗藏在心中蓄谋已久的那个计划，变成现实。

“晚霞，今天下午有点儿时间，我把爸爸那辆破奥迪开出去修修，修好卖掉，不能一直占着车库。”

“那辆奥迪，不是还能开吗？”

“不行，不好好修一次，卖也没人要。”

“今天下午天气预报有大雨，改时间去吧。”

“就今天有时间，下雨不耽误修车，来回路上人都在车里怕啥？”

岳大亮爸爸生前，食品超市生意做大后买了一辆奥迪，风风雨雨多少年一直开着，直到他患癌症去世前都没换。而岳大亮一上任，马上就买了一辆新奥迪，父亲的奥迪就停在车库了。岳大亮一直没舍得卖旧奥迪的原因，是觉着父亲给他创下那么大的家业，那辆老式奥迪立下了汗马功劳。睹物思人，每看到车就跟看到父亲一样。留着车，岳大亮心里确有思念他父亲那个情结。

脑子里产生那个阴谋，那辆老式奥迪便派上了用场。

下楼进来车库，岳大亮把早就准备好的白色荧光胶带剪下一条，粘在车牌照有个F的字母上，又剪下一条，把紧挨字母F的0变成了Q，牌照上受面积限制，字母O跟数码0一模一样。这样，就把牌照上的F0变成了EQ。

接着，岳大亮把用蓝白荧光纸做成的一个京字，贴在车牌号的前方。岳大亮是个大老板，脑子肯定够用。如果单是改变字母和数字，万一探头探到，或者万一有目击者拍照，警方电脑上一放大就什么都清楚了，而且什么字母和什么数字能改，警方肯定早就心里有数，再根据车型，肯定一查一个准。如果一看是京字牌照，警方十有八九不怀疑牌照上还有字母和数字的改变，既然不怀疑，也就用不着电脑上再拉近放大了。一切准备好，岳大亮出了门。

离开小区，岳大亮朝白杨林反方向开去，尽量避开装有探头的大路口，专拣没设探头的小街。大约在小街里行驶半个小时，岳大亮从市区西面穿出去了。绕着郊外村庄小路向北转过去，一个村一个村绕了好大一圈，快四点半的时候，他的车从白杨林东北角进入，开到了早就打探好了的藏车地点，白杨林东北角那片最茂密，人迹最罕至的林子里。

从车里出来，岳大亮望一望变黄的天空，感觉要下雨了。

“今天天气预报有雨，会不会没来？好像林必成讲过，老婆带孩子学画画，风雨无阻。”

“天马上要下雨了，会不会提前离开？”

看一下腕表，距离四点四十分还有几分钟，岳大亮朝叶映红母女俩画画的地方急速走过去。等他赶到预先设定的藏身地点，视线透过密密麻麻的树干，岳大亮不但看到了目标，而且看到叶映红正收拾东西。岳大亮赶紧往回赶，一边跑一边听到雨点噼里啪啦地从林子上空落了下来。

等到岳大亮钻进车里，打着火，车子急驶上林间水泥道，转过几道弯，隔着前窗看见电动车上的叶映红和林小可，岳大亮的心突然拧成一个疙瘩。他犹豫了，他认为她们母女俩没有错，他不该这样残忍地对待她们，他骂自己不是东西，他骂自己自私到了天理不容，他骂自己犯下了滔天罪行，他骂自己是个十恶不赦的杀人犯。然而，就在岳大亮踩向刹车的一刹那，岳大亮想到了儿子岳小亮，想到了老婆苏晚霞，瞬间念头转换，那只踩向刹车的脚也同时转换到油门上。岳大亮闭上了眼，又让脑袋趴在方向盘上，耳边一阵轰轰声，车子朝着那辆电动车撞上去了。

这时候，天上正下着大雨，什么时候抬起的头，什么时候睁开的眼，岳大亮脑子里没一点儿印象。听到刚才车子嘭一声，究竟目的达到没有，岳大亮别说停下车，居然连回头看一眼都不敢。

离开那片白杨林，岳大亮又绕到林子东北角，顺着东北方向一条乡间小路，车子朝距离白杨林大约一公里的一个村子开去。穿过村子，车子继续在乡间小路上行驶。这时候，岳大亮前后左右看看，除了天上下着大雨，路上不见一个人影。岳大亮想停下车看看车被撞坏的情况，可他疑神疑鬼不敢停。开着开着，突然看见有条拐进庄稼地里的小路出现在后面，他赶紧把车停下，倒回来拐了进去。庄稼地里全是一人高的青稞玉米，这下岳大亮放心了。车停下，出来查看，发现这辆奥迪还真是经得起撞，除了前面撞凹下去几个小坑，其他包括大灯小灯转向灯都没坏，岳大亮松了口气。

接着，岳大亮把前后牌照上那些胶带撕下来，钻进车又把市区地图拿出来，把车倒回刚才那条乡间小路上，然后一踩油门，车子朝着市区东部五十公里远的一个县城开去。

第18节　心里有数

“晚霞，我岳大亮心眼还没那么小，你以前跟必成好我知道，那都是过去的事了，都多少年了你还担心我吃他的醋？跟你在一起生活都八年了，加上咱俩谈了两三年，都十几年了，我还不了解你啊？你不用担心，你是什么人我清楚。你看你，必成出那么大的事，办她们母女俩的丧事，怎么叫你你都不去。我知道你有顾忌，可你大面上怎么也得说得过去呀？必成悲伤得跟傻了一样，你就不能去劝他两句？我什么都清楚，你俩以前好是明事，就不用说了，现在必成依然还爱着你，你以为我感觉不到？说句公道话，叶映红长得比你差不到哪儿，某些地方甚至比你还好。可是，爱一个人不能以漂亮不漂亮论，也不能因为外表般配就说他们天生一对，天生一对要心有灵犀的，按现在说就是之间有感觉。林必成跟叶映红站一起，谁都会认为不是一对缠绵情人，就是一对甜蜜小夫妻。事实上，这都是旁观者的错觉。

言谈话语中带出，林必成跟叶映红之间没那种感觉，他不爱她。那天晚上在太平间，他一个劲抱怨她，一个劲地说她不好，人都死了必成还那样，我觉着他太过分了。就算叶映红再不好，这时候他也不能说出那么令人心寒的话。后来我想，什么原因？林必成他不知道不该说？知道为什么还说？我突然意识到他是在借题发挥，他故意说给我听的，他是在对我岳大亮表白，他在告诉我，他爱的是苏晚霞你，他心里一直装着你苏晚霞啊。初恋这个敏感词一直不愿意在咱俩之间提起，事实上，必成就是你的初恋。人说回忆起初恋是多么的美好，这些不切实际的浪漫情调不说，必成这辈子一直忘不掉你，甚至一辈子一直爱着你，这是事实。不管必成爱不爱叶映红，总归他爱着女儿小可吧？必成发生这么大变故，搁上哪一个男人都挺不住。如果出事那晚你在场，安慰他几句，必成心里肯定好受得多。”

岳大亮这番话，让苏晚霞听得一愣一愣的。

没想到大亮对老同学这么重情意，没想到大亮心胸这么宽，不但不吃林必成的醋，反而纵容自己去慰藉林必成。在大亮心里，究竟是林必成重要，还是我苏晚霞重要？不错，不去见林必成就是有顾忌。如果没有白杨林那次，林必成发生这么大变故，我肯定要去的，见到他肯定会大大方方地劝他。可你大亮怎么就不体谅我啊？因为林必成，这九年我苏晚霞精神上遭受多大折磨，你大亮知道吗？不是我疑神疑鬼，到现在每看一眼小亮还是感觉有点儿像他。再过几年，小亮个头窜上去，活脱脱一个林必成，让我怎么办啊？让我跟你大亮怎么解释啊？邻居呢？亲戚呢？朋友呢？同事呢？他们如果怀疑冷不丁问起我，我怎么说？我脸往哪搁？让林必成滚得远远的，周围人不熟悉他看不到他，还不至于让人产生联想，更不会背后遭人指指点点。小亮长得不像你大亮，顶多怀疑医院抱错了，这情况不是没有，这种情况谁也没话说。可是现在，林必成一个大活人就在你公司，他一进公司你不但把他安排到最重要的采购部任经理，你还计划着让他当副总，你大亮真是昏了头，你绿帽子自己戴着还嫌不过瘾，还想让满世界都知道啊？一年前，你让林必成进来时我就激烈反对，可你拿出一万个理由反驳我，你说集团公司越发展越大，必须有自己人帮你，你说林必成知根知底你了解他，你了解他什么？你真了解他？朋友之妻不可欺，他欺了，这就是你所谓了解的林必成。他在你婚礼前，占有你老婆，他让你老婆怀孕，他跟你老婆生出了小亮，他不但是你是个人就不能容忍的情敌，他不但是你心头之恨中的最恨，他居然干出让你一辈子说不起话一辈子遭人笑柄一辈子丢尽脸面的丑事，这就是你所谓关系最好的老同学，这就是你所谓的自己人？如果这一切都告诉你，你还对他好吗？你还纵容你妻子去慰藉那个王八蛋吗？你岳大亮不傻，你那么精明，怎么这一切你岳大亮就没一点儿察觉？怎么你就没一点儿怀疑啊？

苏晚霞搞不懂了。

想来想去，苏晚霞想到了叶映红。

一直说她好，一直说她比我苏晚霞漂亮，太平间林必成抱怨自己老婆，大亮你心里就不舒服，你不舒服个什么劲？林必成自己老婆爱怎么说就怎么说，你那么心疼叶映红什么意思？还说林必成是在借题发挥，说他想给你表白，他一直爱着我苏晚霞，这不对吧？林必成抱怨自己老婆，流露出不爱她，恨她，是不是想告诉你大亮，他发现了你跟叶映红好？明着说他老婆，暗里是在仇恨你大亮啊。

苏晚霞终于找到了答案。

这就对了，一年前你让林必成进集团公司，你当时有一万个理由，归根到底就这一个理由。你让林必成进采购部，你计划让他当副总，全是这个理由。你一直瞒着我，你早就跟林必成有联系，你知道他一直爱着我，你也一直嫉恨着他。跟林必成有了联系，你认识了叶映红，你马上就看上了她。你告诉叶映红我跟林必成的关系，甚至你告诉了她，说林必成还爱着我，而叶映红知道了你是个拥有上亿资产的大老板，你表示出想跟她好，叶映红自然不会拒绝你。接着，叶映红提出，想让林必成去你集团公司，你痛痛快快就答应了她。你担心这件事办得不自然，你把老同学娄云也一起拉了进来，这样，你打着重情意讲义气为老同学排忧解难的幌子，达到你自己目的不说，居然让作为你老婆的我一直被蒙在鼓里。现在，叶映红跟女儿出事了，全没了，你觉着对不起林必成，你才让我去劝他。

这些都是苏晚霞自己的幻想，至于是不是真的，苏晚霞不清楚。

虽然苏晚霞想得很多，但她并没有失去理智。不管怎么说，叶映红没了，是真是假都不存在了，接下来跟岳大亮的日子还得要过，尽快说服岳大亮让林必成离开，是目前苏晚霞最要紧要办的事。另外，苏晚霞还有一件事担心，林必成的老婆女儿全都死了，孤零零的他自然会想起岳小亮。三年前带岳小亮去验血型接着在茶楼见到她，林必成没弄出结果。岳小亮是不是他儿子，至今还是个悬念。这几天妻子女儿刚出事还顾不上，过段时间，林必成肯定会再次缠上她。而这次失去了女儿，林必成如果弄不出个子丑寅卯，肯定跟她苏晚霞没完。想到这一点，苏晚霞让林必成滚得远远的愿望就更强烈了。

岳大亮那番话说完，苏晚霞开了口。

“大亮，必成出了这么大的事，按说作为老同学的我真的该去看看他。你说得不错，就因必成以前跟我不是一般的同学关系，我心里才有所顾忌。你说，看林必成重要，还是咱这个家重要？这几年我一直不愿见他，不就担心节外生枝吗？当然，你知道我苏晚霞是什么人，可你怎么就不清楚，我跟林必成一接触，因为有过去那段经历，深了浅了便不好把握。我不去见他，你嘴上嘟囔几下子就完事了。真要是去见他，你心里还不知道怎么想呢。这都是人性，不信也得信。你明知道必成还爱着我，我跟他说话，你心眼再大，内心里也是有反应的。没反应，反倒不正常。所以，不见面，物理隔绝，什么事也没有，你心里干干净净。至于必成，天灾人祸谁知道会降临谁头上。你刚说，就算他不爱叶映红，还有女儿呢，不错，发生这么大变故，就冲着女儿，必成肯定悲伤，你让我去安慰他，他心情肯定会好一些。可是，我没办法让他女儿活过来。必成回到家，看到女儿遗物，看到家里老婆女儿留下的一切痕迹，他还会因为我苏晚霞劝他几句，就会忘掉这一切？他心情就会好起来？不会，绝对不会。如果你真心为老同学着想，想让他振作起来，让他开始一段新生活，我倒是有个好主意……”

“你说。”

“趁这次发生变故，让林必成离开集团公司。以前劝过你，你一直不同意，这次是机会了。必成明着是你公司高管，暗里是你关系不错的老同学，出这么大的事，又一直找不到肇事者，公司在经济上补偿他一下也是应该的。趁这次机会，多补偿一些给他，劝他把现有房子卖掉，换个环境。如果他愿意，去北京或者外地发展那更好，过段时间在外地成个家……”

“不行不行，绝对不能让必成走。”

“为什么？”

“这还不清楚啊？你这等于开他，必成正倒着霉，你这是雪上加霜，在他伤口上撒盐。”

“不是说补偿多一点儿吗？给他一百万元钱，这个数公司也不是拿不出。”

“晚霞，你怎么就不明白？这不是钱的事，这会儿就是给他一千万元钱，必成也是理解成我岳大亮在撵他走，是不是这个理？咱花了大钱让必成心凉，何必干那种傻事？再说，人在倒霉的时候，精神上是需要跟朋友在一起的，劝他一个人去外地，不是让他更感到孤单吗？万一必成有个三长两短，我岳大亮会一辈子内疚。”

“你也太为他担心了，林必成一个大男人怎么会有三长两短？”

“我说的是万一。”

“不管怎么说，你不能让林必成一直在你集团公司。”

“晚霞，你心里那点儿事我清楚，你想维护这个家，你怕我心里有反应，你不想跟必成见面，不见就不见，你上你的班，必成在公司干他的事，你俩本来就见不着面，你担心什么？如果必成想见你，电话联系你，你拒绝他就是了，何必一直赶他走？”

“大亮，一直想让必成走，除了怕你心里有反应，其实，还有另外原因。”

“你说。”

“这可是我最隐私的事，说了你会不会怪我？”

“不怪。”

“自从林必成进来公司，我做过几次梦，梦见他去单位找我，一见面就动手动脚，一句话没有，梦里把我吓死了。说出来你可能不信，我告诉他说我嫁给了岳大亮，你不能跟我这样，可他就是不听，一直死缠活缠着我。记得梦里我使劲推开他，他一下子磕到桌子角上，接着血流了一地，再接着他就躺在地上不动了。我一看他死了就大叫起来，这时候突然梦就醒了……”

“这就对了，你跟必成以前好过，那段经历对你来说印象太深刻了。他进来公司，你担心他找你，脑子里时时刻刻想着这件事，时时刻刻担心着这件事发生，他出现在你梦里，肯定正常。”

“还有一次，梦到你不在家，小亮也不在家，我正在沙发上斜躺着看电视，林必成突然就进来了。我当时真有些发愣，他没钥匙我也没听到门响，不知道他怎么进来的，站到我面前还是一句话没有，上来就动手动脚。你刚不是说不怪我吗？我全告诉你，我挣扎了几下推不动他，最后他压在了我身上，当时也是大叫着梦就醒了。”

“天哪！”

“你看你，说了不怪我，还是吃醋了。”

“吃什么醋？要是吃必成的醋，我就不让他进公司。”

“所以，你必须得让他走，不能让我一直心里忐忑不安，不能让我一直梦到他，不能让他一直像鬼魂一样缠着我。再这样下去，林必成会把我逼疯。”

“马上让必成离开绝对不行，这样，让他再干上一年好不好？”

苏晚霞确实梦到过林必成，但刚才那两个梦，是她急中生智加油添醋编出来的，没想到岳大亮一听就有了理由，而且时间定下一年。小亮再长一年不会有太大变化，熬过去这一年再往后，即便有人看出小亮不像大亮，就可以用医院抱错抵挡。至于岳大亮，林必成不在他眼前晃荡，他很可能想不到他。还有一点让苏晚霞宽心的是，岳大亮跟苏晚霞谈对象见面的第一天，他曾半开玩笑地告诉苏晚霞，说他五官长得很像林必成。究竟是岳大亮有意讨好苏晚霞，还是因两人确实长得像，岳大亮随意说，苏晚霞不清楚，不过，这句话让苏晚霞印象深刻。这意思，万一岳大亮看出来，苏晚霞可以拿出他自己说过的话反驳。至于亲子鉴定，苏晚霞考虑岳大亮不会去做，岳大亮也算个有头有脸的大老板，真要是结果出来，小亮不是他儿子，那他那张脸，可就丢得范围大了去了。甚至传到市领导那儿，极有可能拿儿子开他玩笑，岳大亮绝不会干这件大失面子的蠢事。想到这，苏晚霞心中那块石头，终于落了下来。

“大亮，你留必成一年我没意见，必成现在光棍一条，我还是有点儿担心，也为了他，想让他心情尽快好起来，急是急了点，正好罗明珠给我打来电话，想让我把她表妹介绍给必成，你看怎么样？”

“哎呀，没听娄云说呀？这个罗明珠，怎么直接给你打电话？”

“不直接给我打给谁打？你是个大老板，罗明珠肯定不好意思让你去管。罗明珠说了，她也不能直接跟林必成说，她让我管是觉着中间有回旋余地，万一必成不愿意大家有个退路，我不愿意见林必成，这才告诉你。”

“你给罗明珠说，林必成有了，不用她操心了。”

“开什么玩笑？这么快就有了？真有还是假有？”

“这事能开玩笑吗？我给必成说了，我大学一个同学刚离婚，没孩子，准备介绍给必成。我同学她同意先见见必成。这个罗明珠她倒是挺快的。”

“还有你快啊？人家罗明珠不知道情况才给我打，不过，她说她表妹是个大闺女，人长得也不错，虽说大闺女年龄大了点儿，实际比林必成还小两岁呢。”

“我在先，怎么也得让我同学先见见吧？必成跟我同学两人谈不成，罗明珠再介绍也不迟。”

“哎呀，真没想到你对林必成这么好，这么关心他，出事才几天……”

“不错，我是关心必成，关心他有我的目的，必成是块料子，我想让他好好给我干，这样，集团公司我就少操心了。说到这，还有一件事跟你商量……”

“什么事?”

“你看出来没有？必成挺喜欢咱小亮的。”

岳大亮这句话一出口，苏晚霞脑子里嗡地一下，瞬间思维全乱了。

“他……他怎么……”

“你不信？喜欢就是喜欢，跟你商量的意思，是想让必成做小亮的干爸……”

听到这，岳大亮后面又说了什么，苏晚霞再也没听清楚。

第19节　初次交锋

今天上午准备召开各部门各分店月调度会，九点开始，会议室已经陆陆续续来了不少人。八点五十分的时候岳大亮来到他自己办公室，擦把脸，坐下来，刚想着调度会最后总结发言说些什么，突然他接到了一个陌生电话。一般陌生电话岳大亮直接挂掉，这次也不例外。可是，刚挂掉，那个陌生电话又打了进来。岳大亮心里一边狐疑着是谁，一边很不情愿地按下接听键。

“你是月亮湾美食集团公司总经理岳大亮吧？”

“你是谁？”

“我是谁不重要，重要的是我知道你开车撞死了人……”

听到撞死了人，岳大亮跟触了电一样全身一个抖动。他马上意识到，一直让他担心的那件事终于发生了。调度会马上就要开始，本想再听听那家伙下面说些什么，本想赶紧通知嬴丽把会议取消，可他觉着那家伙肯定还会打过来。再说，这会儿在办公室不能跟他在电话里纠缠，万一林必成或者娄云闯进来听见，那就糟了，还是等开完会再说。没等那家伙说完，岳大亮就挂了机，接着把手机也关掉了。

每次月调度会都是开到十二点，这次十一点就草草结束。会上各部门各分店负责人都说了些什么，销售进度和完成情况怎么样，各部门各分店都存在哪些问题，下月计划怎么安排，岳大亮一概没印象。就连他自己最后总结发言，胡言乱语中究竟说了些什么，脑子里也是一团乱麻。

开完会，给嬴丽打个招呼，岳大亮下楼钻进车里，猛一踩油门，车子驶出公司大门。

“那家伙怎么知道了我的手机号码?”

“林必成告诉他的？林必成没给我讲实话？他们之间成交了？那家伙真的看到了我？……可是，如果那家伙没站在车子前面，他怎么会看到我呀？何况那会儿下着大雨，心里紧张死了，雨刷都没顾上打开，车子前窗流着那么大的雨水，而且车子开得那么快，他怎么能看清楚是我呀？如果那家伙站在车前面的林子边，一个大活人，我怎么没看到他?”

“退一万步，就算我慌慌张张没看到他，他看到了我，那家伙把车里的我描述给林必成，可是，长我这种模样的人多了去了，林必成怎么能想到待他不薄的老同学我呀？再退一万步，就算猜到了我，接下来林必成应该自己暗中打探，自己找证据确认是不是我，或者把他的怀疑通报警方，让警方根据他提供的线索展开调查，怎么会把我的手机号码给了那家伙呢？给了那家伙，林必成一点儿好处也没有啊？”

“难道先让那家伙试探试探，确认一下？”

“这也不对呀？这几天，接触林必成，他那张脸上并没有带出半点儿怀疑我的迹象。还有，那次去山里钓鱼，林必成说让那家伙骗走五千元钱，最后那家伙告诉他肇事车是一辆奔驰，当时看着林必成一点儿不像编出来的，根本就没有怀疑到我头上的意思，这怎么说？”

“哦，天哪，想起来了，冲上去那会儿我脑袋趴在方向盘上，我的面孔那家伙根本看不到。”

“不对不对，手机号码绝对不是林必成提供给他的。”

“那是谁呀？”

“那家伙拍了牌照？网上查到的？这不可能，单凭一个牌照，随便谁从网上查到车主信息这绝对不可能。难道那家伙找熟人查到的？那辆老奥迪买的时候经老爸手，车主信息是他，即便查到，也是老爸的手机号码，信息上不记录工作单位，他怎么会知道车主是……”

岳大亮突然意识到，有可能车主信息上有他爸爸的名字。虽然岳爸没有岳大亮名气大，但当时很多年长的市民还是知道他的。那家伙打听到车主原是月亮湾美食集团公司前总经理不是多么难，顺藤摸瓜找到了他。尤其知道了自己是接替老爸的现任老总，尤其知道了肇事凶手就是他这个大老板，那家伙肯定高兴得不得了。想到能勒索到更多的钱，接着从公司打听到他手机号码，就更不是一件难事了。

“这也太玄了吧？车管所车主信息能轻易拿到手？再说，牌照伪装成京字，单凭手机拍出的照片能拉近放大看出来是假？能辨别出真车牌号？最关键一点，那天下着大雨，车速那么快，就算那家伙站在林子边，车子在他面前一闪而过，那家伙怎么能拍得到？还有，那家伙不知道即将发生车祸，下着大雨那会儿手机不可能在他手里。车子从他眼前过去，他必须看到车祸现场才会产生拍照念头。可是，当他反应过来再掏出手机，车子已经距离他很远了。即便他追上去，下那么大的雨，他也绝对拍不清楚，照片绝对不会在电脑上拉大看清楚车牌号有假。”

“那他怎么确认是我？怎么搞到了我岳大亮的手机号码？”

“噢，对了，告诉林必成说是一辆奔驰，那家伙确实是在撒谎。实际上他看到的是一辆奥迪，而且清楚是一辆老式奥迪。肯定是这样，这就全说通了。这就是说，下大雨那会儿那家伙不是站在路边，而是在林子里边藏着躲雨。他不在我视线范围，我在车里肯定看不到他。但车子从路上一闪而过时，他能看清楚是一辆奥迪车。奥迪后面四个圈，扫一眼谁都能记住。确定了奥迪，然后再通过车管所熟人，调出本市所有奥迪车主信息，我新车信息留下的那个手机号码，就这样被他搞到了手。全市奥迪车最多也不超过百辆，一个个排查，完全能办到。排查到我这，电话就打了过来。"

"如果真是这样，那，那家伙打这个电话就是试探，他也只能打电话，不可能一辆辆查验。在不能确定哪辆奥迪车前方有撞坏痕迹的前提下，就不能确定哪部是肇事车辆，打这个电话就是瞎诈唬。"

想到这，岳大亮有些放心了，他决定将计就计，给他一个不理睬。

车子开到一家酒店门口停下来，岳大亮就在车里打开了手机。

"你再关着机，我就直接去你公司。"

手机一开，那家伙立刻打了进来。

"你是谁呀？还没听出来你是谁，怎么说话这么冲啊？"

"不是说了嘛，我是谁不重要……"

"哦，知道了，你就是一上班给我打电话的那个？说我撞死人的，是你吧？"

"别装糊涂了，你干的事你自己清楚，我不想和你再费口舌。”

“你说我撞死了人?”

“是啊，前几天白杨林那里发生车祸，撞死母女俩，是你干的。”

“你这玩笑开大了，你怎么知道是我撞死的?印象中白杨林那里我好久没去了。”

“别跟我玩迷糊，我当时在林子边站着，看到了你的车。”

“这么说，你是现场目击者?”

“废话，我不是目击者，怎么会给你打电话?”

“听说那次车祸还没找到肇事车，既然你是目击者，又看到是我的车，那你为什么不报警啊?”

“你想让我报警?”

“发生这么重大的车祸，作为公民，你目击了案发经过，你有报警义务。反过来，不是我撞的，我当然鼓励你去报警，而且警方正在寻找目击者呢。如果你不愿去，我这正好有你手机号码，要不，我把你的手机号码告诉警方?”

“你别吓唬我，我也不吃你这一套，如果真是你撞的呢?”

“不是就不是，怎么如果真是我?你这是什么话?你说你看到我的车，你根据哪一点确认是我?”

“你的车是一辆黑色奥迪吧?”

岳大亮一听，还真让他猜对了，这家伙真的跟林必成说了谎。

“不错，我的车是一辆黑色奥迪，全市黑色奥迪多了，如果我黑色奥迪上有暗记，让你发现，那我没话可说。”

“你还有一辆老式奥迪吧？”

一听到老式奥迪，岳大亮被吓得魂都没了。那天，他就是开着他爸爸那辆老式奥迪去的。万万没想到这家伙不仅仅看到一辆奥迪，还看清楚是他老爸那辆，岳大亮意识到问题严重了。

这该怎么办？

岳大亮脑子飞速旋转，他突然想起做过手脚的车牌照。

这家伙为什么不提京字牌照？按说车子挂京字牌照是很惹眼的，车子从他眼前闪过去，看到奥迪四个圈的同时，也应该看到京字牌照。可是，这家伙闭口不提牌照的事，这就是说，他没看到牌照，他对京字牌照没一点儿印象。如果看到肇事车挂的是京牌，即便车管所查到老爸有一辆老式奥迪，很可能也不会打来电话。”

一句话，这家伙没看到牌照，说我有一辆老式奥迪，肯定还是蒙。

可是，怎么回答他？说没有，绝对不行，车管所电脑里有据可查。说有，万一提出验车呢？撞坏的地方已经修好，就算看不出刚修过的痕迹，这家伙一去查，搞得满城风雨，让林必成知道，那可就麻烦大了。告诉他早就卖掉了，恐怕也不行，很可能更引起这家伙怀疑，这怎么办？

岳大亮急中生智，想出一条退路。

“是有一辆，怎么了？是我那辆老式奥迪撞了人？”

“我也不给你废话了，我看到的就是一辆黑色的老式奥迪。”

“这能说明什么？全市的黑色老式奥迪不是只有我这一辆吧？实话告诉你，我那辆老式奥迪是我老爸的，他去世后就一直在车库放着，很长时间没动过。你就根据一辆老式奥迪，就确定是我？”

“那辆奥迪撞死了人，前面肯定有撞坏的地方，能不能让我去你车库查看一下？”

“你以为你是谁？怎么能随便让你去我车库查看？不过，牵涉到白杨林那次车祸，牵涉到人命，这不是一件小事，你打来这个电话我确实感到意外。不管你出于什么目的，为了找到肇事车辆，你查找到我这，就算你不是警方，我想我也得配合。刚告诉你那辆车一直放在车库，其实也不是，偶尔也有人开开，是不是他们撞的我不清楚。这样，回去我自己看看，如果车子真有撞坏的地方，确实如你所说，不管公了私了，咱再电话联系好不好？”

“到了这会儿，你还给我玩花样啊？”

“那你说怎么办？你非要去查看也不是不行，前提是你必须告诉我你是谁，你是干什么的，工作单位和家住哪里，还得让我看看你的身份证，这些都核实后才能让你去查看。”

“白杨林那次车祸撞死的是谁，你知道吗？”

撞死的是谁，岳大亮怎能不知道？从一接到这家伙电话，岳大亮就担心他打听到了撞死的是谁。现在看来，这家伙什么都清楚。不管是从林必成那儿，还是他自己打听到的，只要这家伙清楚撞死的是月亮湾美食集团公司林必成的老婆和女儿，加上现场看到登记在自己爸爸名下的那辆老式奥迪，根本用不着再去车库查看，也用不着再去排查其他车辆，毋庸置疑，肇事凶手即便不是他岳大亮，肯定跟月亮湾美食集团公司有关，而且肇事者明显有故意杀人之嫌。想到这，岳大亮真的感到害怕了。

“我公司员工家属被撞死，这么大的事我能不清楚？事故发生后，我们一直在协助警方尽快找到肇事者，到现在警方那儿也没发现任何线索。你刚才电话里张口就说是我撞死的，搞得我莫名其妙。接着你提到白杨林那次车祸，我这才对你这个电话感兴趣。如果不是为了我员工家属，电话早给你挂掉了。你在现场看到一辆老式奥迪，你调查出记在我爸爸名下也有一辆老式奥迪，仅仅根据这一点，你就一而再，再而三说我是肇事者，我说不是，你提出要去我车库里查看。如果让你去看，那辆车真发现有撞坏的地方，究竟是谁开出去的？车里是谁？你能拿出什么证据，证明就是我？”

“听着，你撞死的是你月亮湾美食集团公司采购部经理的老婆和女儿，他叫林必成，他不但是你公司中层领导，他还是你关系最要好的老同学。而且我还了解到，你老婆跟这个叫林必成的也是老同学。据说林必成还是你老婆的初恋对象，至于他们俩之间现在有没有事我不清楚。不过，你精心策划了这次车祸，就证明你发现了林必成跟你老婆还有那种关系，这就是你杀人的动机。”

“笑话！如果是你这样猜测，我杀的应该是林必成，何必把他老婆女儿干掉？”

“你杀林必成一个大男人不好下手，你杀了他老婆女儿，目的是让林必成生不如死。”

“既然你调查得这么详细，你为什么不去报警？”

“刚才你不是说了吗？公了私了都好商量，你是个大老板，我还想从你这拿到一大笔钱呢！”

“不错，刚才我是说过，那是我怀疑公司同事开我那辆奥迪不小心撞人的，你这么肯定是我，那我就没话说了。为了保证公司声誉，你想拿到一笔钱也不是没可能，还是那句话，我必须得回去看看车。”

“那好，我等你，顺便我告诉你，我不会去报警，你放心好了。”

“我肯定放心，就知道你不会去报警。”

“你可得想好，警我是不报，如果你耍花招不让我如愿以偿，我会告诉林必成。”

一听告诉林必成，岳大亮被吓愣了。

第20节　接近真相

林必成掐指算了一下，悬赏目击者告示贴出去十多天了，除了一开始两个不靠谱的家伙打来电话想骗钱没理他们不说，林必成只接到自称在小树林内拉过西瓜子屎的那家伙一个电话。接下来几天里，再也没有其他目击者打过来。而感觉上最靠谱的那家伙，告诉林必成说是一辆奔驰撞的人，骗走林必成五千元钱后也不再跟他有任何联系。警方那里，林必成一天一个电话，每次询问每次都没一个满意答复。最后一次电话打过去，人家告诉林必成，说是那次事故惊动了局领导，局里专门开会研究，领导给出特例，调派刑警与交警事故科联合展开侦缉。就这样，最后也没找到任何线索，林必成一听就没话了。沮丧和无奈之下，林必成决定自己试一试。

“那家伙说是一辆奔驰？究竟是真？是假？”

“按他那个瓜子屎证据，那家伙肯定在现场，说是看到一辆奔驰，难道是真的？”

“奔驰怎么了？奔驰不会撞人？下大雨那会儿，林子里的人几乎都跑光了，这种情况，奔驰撞上人照样逃走。越是有钱人，胆子越大，如果开奔驰的是个大老板，再如果他酒后驾车，逃走的可能性更大。怎么一开始就认为那家伙骗自己？怎么就一直不相信是辆奔驰啊？”

“拉瓜子屎那家伙不会这么缺德吧？拿到受害人家属五千元钱，提供给人家一个假线索？”

“如果那家伙真说谎，真缺了八辈子德，拿到五千元钱肯定不会罢手，电话肯定还会打过来，利用手里掌握着的真正线索，还会继续骗钱，可是没有啊？”

“是奔驰，那家伙看到的就是一辆奔驰。电话没再打过来，是他没看到车牌号。那会儿下着大雨，别说他躲在林子里避雨，就算他站在路边，车子在他眼前一闪而过，他也不可能看清楚车牌。根据他仅看到一辆奔驰这点线索，他很可能认为，找到肇事车辆的可能性不大，最终他拿不到剩下的四万五千元钱，骗走五千元钱他已经知足了，这就是他不再露面的原因。”

“可是，这点儿线索告诉警方，能不能查到那辆奔驰？再说，时间过去这么久了。”

“怎么也得试试，各种车型的奔驰车加一起也没多少辆，一辆辆排查不会动用太大警力。”

电话打给警方，告诉他们有目击者看到一辆奔驰车，警察马上让林必成把目击者带过去当面问话。林必成一听就泄了气，他心里清楚，那家伙纯是为了钱，绝对不会跟警方见面，上次电话里那家伙明明白白告诉过林必成。勉强答应警方，挂掉电话后，林必成感觉不好办了。

你居然连目击者都请不来，警方怎么帮你啊？

林必成又想到把那家伙的手机号码提供警方，转念又一想，人不到，手机号码肯定没用。

“怎么办？”

林必成掏出手机，给把家伙拨了过去。

“答应你还有四万五千元钱，你不要了？”

“我怎么会不要？你什么时候给我？找到凶手了？”

“咱俩一起去事故调查科做个证，肇事车辆一找到，四万五千元钱马上给你。”

“你这不是废话吗？怎么又说呀？上次清清楚楚告诉过你，警方那儿我绝对不去。”

“这次是一起特大肇事逃逸事故，引起市领导特别关注，要求公安部门高度重视，公安局一把手专门召开了会议，已经把刑侦大队的骨干刑警派过去了，说是不惜一切代价，直到追查到肇事凶手。”

“这跟我有关系吗？”

“实话告诉你，我把你是一位目击者给他们说了，还说你看到肇事的是一辆奔驰，他们要我带你去当面问话。”

“不是说了嘛，我不去。”

“你如果不去，我就把你手机号码交给他们。”

“随你便，给他们号码又有什么关系？打我手机我不去，有我号码管屁用？”

“刑警大队的人过去，他们手段就多了，可以强制你去，只要你一打手机，他们追踪你号码就能找到你。”

“你这一提醒，我马上换一个，刑警手段再高明，换了号，还能追踪到我？还能强制我去？”

“拒绝协助警方调查，等于窝藏罪犯，你要负法律责任的。”

“别吓唬我，就是去了，警察也不能把我怎么样。我一个目击者，看到就是看到了，没看到就是没看到。谁也不能硬逼我，让我一个目击者把肇事车辆找出来，是不是这个理？”

“你不是说，你看到牌照了吗？给了你五千元钱，总得再提供点儿线索吧？”

“剩下四万五千元钱你不给我，还想让我再给你提供线索？实话告诉你吧，你那四万五千元钱我不指望了，那次车祸肇事凶手我找到了，很快我就能拿到一笔比你四万五千元钱多更多的钱。这个社会没钱可不行，你已经领教我了，我不是一个好人，我就是为了钱。至于凶手是谁，你别问，问也白问，我绝对不会透给你。不过，也不是绝对，谁给钱我都不会拒绝，你如果舍得出二十万元钱的话，也是可以商量的。”

“还想骗我二十万元钱？你不是开玩笑吧？”

“算了算了，就当我开玩笑吧，不跟你费口舌了。”

挂掉那家伙电话，林必成有些糊涂，他不能确定那家伙找到肇事凶手，也不能确定没找到。换句话，就算找到，也跟他林必成没任何关系。那家伙为了钱，绝不会把凶手交给警方。

“听口气，那家伙好像不是开玩笑。”

“可是，如果真找到，他是怎么找到的？难道他真的看清楚并记下了车牌号？既然掌握车牌号，就等于确定了那辆肇事车，那他为什么放弃剩下的四万五千元钱赏金？”

这疑问再简单不过，林必成不用过脑子就明白，那家伙知道从受害者这里捞不到更多油水，他不会因四万五千元钱这点儿小钱，把肇事车辆暴露给警方。而这次车祸最担惊受怕的是害死两条人命的肇事凶手，警方一旦抓住他，他就得进去坐牢。如果肇事车真是一辆奔驰，车主是个有钱的大老板，别说那家伙勒索他二十万元钱，二十万元钱到手，接着继续勒索他二十万元钱也不是没可能。

林必成想到这，对那家伙，对警方那里，全都不再抱任何希望。

“撞上电动车，车前部怎么也会有损伤，如果真是一辆奔驰，不会一直不去修吧？”

“是刚撞上就去修，还是风声过后这几天去呀？”

“不管什么时候修，总得去修理门市或者去修理厂看看。”

这天，工作告一段落，林必成开着配给采购部的车，先来到了奔驰4S店。找到修理车间主管，把自己情况诚恳告诉对方。主管一听就朝他直摆手，告诉他奔驰车大都是来这里正常保养，可最近一辆剐蹭碰伤的也没有。

离开4S店，林必成突然觉着，那辆奔驰不可能敢在4S店修，4S店每修一辆车都有详细记录，而且这些记录只要输进电脑就是永久保存，别说三五个月，三五年都能调出来。接着，林必成去了几家普通修理厂，一一说明情况，人家都说没有。林必成并没气馁，开着车去了小汽车修理一条街，街边门市挨门市，只要是修理店都要上前问一问。其中，有一个修理店老板提醒他，说：“那么大的车祸发生在市区，逃掉的肇事车主如果没朋友干这行，肯定不敢在本市修理。只要市区范围内发生重大车祸逃逸案一见报，我们这些修理门市都有义务举报，否则的话，我们会有连带责任。”最后，好心老板建议他去县里或者临近城市查一查。

林必成一听，就觉着有道理。

“可是，会去哪个县？哪个临近城市呢？”

林必成驱车去了那片白杨林，他想顺着肇事车逃逸路线摸一摸。

车子开到出事现场，停下，按下车窗向四处看了几眼，接着他顺着林子里那条水泥道继续往南开，开出去大约两百米前面出现岔道，一条南偏西方向去了女儿学画画那个小区，另一条南偏东方向顺着林子边去了那片白杨林东南角。林必成心想，肇事凶手不可能去小区方向，他知道那条道不单是通向小区，到了小区边缘接着又会拐回市区。林必成一打方向，去了另一条。

来到林子东南角，停下车，观察一下，感觉这里白杨树更高更茂密，而水泥道的另一边就是一望无边密密麻麻一人高的青稞玉米地了。顺着水泥小道继续往前开，离开林子时小路是东南方向，一会儿就变成了正东。在田间小路上开了十来分钟后，林必成来到一个叫东小屯的村子。车子顺着道进村，林必成在一家烟酒店停下了。买一包烟后，林必成跟女老板搭上了话。

“跟您打听个事儿。”

“你说。”

“前些日子下过一场大雨吧？”

“你什么事？大夏天的隔三差五下雨，谁知道你说的是哪一天？”

“就是那一天下午四五点钟，雨突然就下了，还下得特别大。”

“噢，你说的那次雨有十来天了吧？”

“是，是，就是那次。”

“那你有什么事？”

“白杨林那发生一起车祸，您有听说吧？”

“知道知道，就在我们村西，怎么能没听说呀？哪个王八蛋干的呀？撞死人家母女俩逃跑了，真缺了八辈子德了，听说现在还没抓住凶手……”

这时，烟酒店前树下几个打麻将的女人朝林必成看了一眼。

“你是谁呀？”

“也不瞒你们，我就是受害者家属，被撞死的就是我妻子和我女儿……”

“天哪！原来是你呀。那个王八蛋是不是跟你有仇啊？怎么他不长眼会把你老婆女儿撞死啊！”

“仇不仇的肯定是酒后驾车，撞了人家居然敢跑，胆子真够大的。”

“那你……想打听什么？”

“那家伙还没找到，我是来这问问你们，那天下着大雨有没有车从这里过？”

“都多少天了，谁还记得呀？”

“有，有，我记得。”烟酒店女老板说话了，“那天有一辆黑颜色的车，挂着北京牌照……”

“什么？挂北京牌照？”

“是啊，我记得清清楚楚，当时我坐在门市里，眼睛盯着街上的雨，心里想着天刚才还亮亮的，也没刮风，也没看到云彩，怎么会突然下这么大雨啊？正想着，一辆黑颜色的车就开了过来。看到那辆车挂着北京牌照，我心里还琢磨，下这么大雨，怎么会有北京的车从这里过呀？我当时就是这样想的，所以那辆车我印象很深，是不是那辆车撞了你家人，我就不清楚了。”

“我问一下，看清楚是辆什么车没有？”

“黑颜色的呀？”

“你看你，人家问你那辆车什么牌子的。”旁边打麻将的一个女人插上嘴。

“噢，是辆奥迪，你看我这脑子，这么重要都忘记告诉你。”

“确实是奥迪？”

“肯定是，后面有四个圈，我们村二狗子就有一辆。”

“我再问一下，看没看到那辆奥迪，前面有撞坏的地方？”

“没留意，好像没有吧？不不，车子前边没看清楚，当时从前边只看到了挂着北京牌照，没顾上再仔细看，车子就过去了，奥迪那四个圈，还是从后面看到的。”

“牌照上除了那个‘京’字，有没有留意其他字母或者数字？”

“没有，谁能记那么多啊？”

谢过烟酒店女老板和打麻将的各位，林必成朝着女老板说的奥迪车离开的方向驶去。

“不是一辆奔驰吗？怎么变成了奥迪？而且是京字牌照？”

“那个王八蛋不是开这辆奥迪，还是瓜子屎那家伙说谎？”

“从时间和逃跑路线分析，穿过这个村的这辆奥迪极有可能就是肇事车。如果这辆奥迪向东开，去东部县城修车，那就更有可能是了。还有，目击那家伙肯定说谎，如果告诉自己是辆奥迪，知道了这一线索，交给侦缉人员排查，范围缩小很多，警方那儿很快就能找到那个王八蛋。这样，那家伙反过来再去勒索肇事凶手，肯定就没戏了。”

林必成越想越觉着思路正确，脚下猛踩油门，车子朝着距市区五十公里的东部县城开去。

来到县城，凡是能修汽车的修理店，林必成决定不放过一家。一条街一条街地寻找，终于有一家店的老板给他提供了一个既让他兴奋又让他迷惑的线索。

“你说什么？那天你修的那辆奥迪，不是京字牌照？”

“你这人，我都说了你还问。修车又不是一会儿半会儿能修好，是不是京字牌照我还记不住？”

“奥迪车那么高档，天下着大雨来你这里修，有没有怀疑那家伙撞了人？”

“是一辆老式奥迪，不是新车，车撞得也不狠，说是追尾。”

“噢，是这样啊。”

说实话，岳大亮爸爸有辆老式奥迪，林必成来到公司很快就知道了。有一次，采购部那辆车送去修理，岳大亮还专门让他替换着开过几天。刚才修理老板说是一辆老式奥迪，还说是追尾，那会儿下着大雨车子追尾很正常，老式奥迪如果没上保险，追尾了赔个钱自己来这小修理店修也是正常，加上村里打听到是一辆京字牌照的奥迪，林必成不能确定就是该店修的那辆，脑子里更没将肇事车跟岳大亮爸爸那辆老式奥迪联系在一起。

带着一脸疑惑，林必成离开了那家修理店。

第21节　意淫臆淫

今早上班，一夜没睡好觉的岳大亮来到办公室，坐下来心里乱糟糟的，怎么也不能平静。想故意找点儿事压一压，拿起各部门各分店报来的前半年工作总结，还没看一眼就甩到了办公桌上。又拿起市领导办公会上有关荷塘月色那个项目的会议纪要，刚看一眼又扔在一边。接着打开电脑，胡乱看了几眼，还是看不进去。站起来走到空调前边，边吹着凉风边用两手掐自己的脑袋。岳大亮烦到了极点，真想把脑袋往空调上撞几下。吹一会儿感觉好一点儿，岳大亮回到自己办公桌，闭上眼睛，脑袋仰在了大转椅上。

门开了，嬴丽走过去把一天的活动安排放到岳大亮面前。这时，岳大亮睁开眼睛，腾一下起身，手伸过去就去抓嬴丽，嬴丽一个躲闪手缩了回去。接着朝岳大亮笑一笑转身就要离开，岳大亮招招手把她叫住了。

“哎哎，嬴丽，你别急着走……”

“岳总……你，你没事吧？”

“今天一切活动安排和应酬全都推掉，我有要紧事去办，本来想让你陪我去，你看你……”

“岳总，什么要紧事啊？能不能先让我知道个大概？”

“算了算了，还是我自己去吧。你在公司守着，有什么事你记下，我回来再说。”

“岳总，你要开着手机啊。”

“手机还真不想开，说是要紧事其实也不是，这几天一些事搞得我心里特烦，出去静一静，自我调节一下，不过你不要对别人这样讲，就说我有事出去了。”

岳大亮离开办公室，开上他自己那辆奥迪，直奔山里娄云带他去过一次的那个铁索桥下。

“这个嬴丽，还真是个好女孩。”

嬴丽进公司有两年多了，当时为了提高各部门管理层素质，按大学生标准招进来十名男孩二十名女孩，嬴丽是在二十名女孩中被岳大亮看上的。办公室的工作试用三个月到期，岳大亮认为嬴丽各方面还行，聪明勤快干活利落，岳大亮和她自己的办公室永远都保持整洁状态。最让岳大亮满意的是，嬴丽会说话，知道什么场合哪些话该说哪些不该说，哪些事该干哪些不该干，自己的位子摆得很到位，而且跟政府职能部门打交道有一定协调能力，跟集团公司各中层管理人员的关系搞得也都很好。唯有一点让岳大亮一直不给嬴丽打满分，身材好又年轻漂亮让他心里总是痒痒的赢丽，从来不给岳大亮动手动脚的机会。男人有钱就学坏，是个老板就有小三，没有情人就不算男人，找个相好就跟喝红酒一样是一种情调，对这之类的所谓的新潮，岳大亮从一开始就持鄙视态度。岳大亮不胡闹还有个原因，他爸爸去世前在病床上告诉过他，“你爸爸创下这么大的基业交给你，干好干不好是你能力问题，爸爸闭眼前有句话必须警告你，不许有了钱就去找女人。”岳大亮一直没缠上赢丽，一直没找赢丽以外以及苏晚霞以外的女人，他爸爸的临终警告也是个主要原因。另外，岳大亮的确从心里爱着苏晚霞，很多人都认为老婆再好，时间一久谁都会感觉不好，实际上不能一概而论。在岳大亮眼里，有时候苏晚霞一个眼神儿一个笑容一个小小的动作，都让岳大亮十分着迷。甚至两人拌嘴几天打冷战，他还依然有这种感觉。如果把这些私密给朋友讲，朋友肯定都笑话他没娶过老婆。还是跟苏晚霞刚结婚那会儿，岳大亮闲着没事，站在街头观察着迎面过来的人流数，数了超过一百个，眼前闪过去的女人给他的直观印象，他感觉都不如苏晚霞好。回去把这项街头民调告诉苏晚霞，苏晚霞眼里噙着泪花，上去就搂住岳大亮亲个没够。回到赢丽，听说岳大亮身边招了个大学生美女做助理，苏晚霞心里不平静了。由于有林必成那档子事，苏晚霞不敢跟岳大亮硬着来，回到家话里话外一直敲打着岳大亮，说他忘掉了男人有钱不见得就学坏这个结婚前跟自己下过的保证，每次说每次岳大亮都没话。过段时间，苏晚霞主动接触过几次嬴丽，发现嬴丽这女孩还是有底线的，不像苏晚霞臆想的那种女人，苏晚霞便对岳大亮放心了大半。而岳大亮感到憋屈的是，场面上带着嬴丽，不了解他的人，没一个不认为嬴丽是他的小情人。甚至有一次，有人居然给他开玩笑，说你行啊岳总，你白天有个给你盈利的嬴丽，晚上还有个给你盈利的嬴丽，你岳总的集团公司，肯定是前景无限了。幸好，那会儿嬴丽不在场，没引起太多尴尬。玩笑开大点儿，岳大亮也没太在意，笑笑就过去了。但背上这个黑锅让岳大亮的确不是滋味。不过，一想起爸爸临终那一句警告，一想起跟苏晚霞结婚前那个承诺，一想起人家嬴丽是个那么好的女孩，岳大亮心想着这个黑锅就让他一直背着吧。今天，岳大亮心情糟糕到了极点，他开车故意撞死林必成的老婆女儿，一直有早晚会被发现的那种预感，没想到能确认他就是凶手的那个目击者，这么快就出现了。以后会发生什么，他岳大亮心里有数。于是，刚才办公室一见到嬴丽，岳大亮突然失控，就把手伸了过去。

岳大亮开着车，一路上想着嬴丽，想着苏晚霞，尤其想到给他打电话的那个王八蛋，居然把他一步步精心设定的计划全打乱了。那家伙知道月亮湾美食集团公司的老总是他，知道他是个大老板，手里捏着他的犯罪证据，一次给他个十万元二十万元钱那家伙肯定不会罢手，肯定还有第二次第三次以至于第N次，岳大亮越想越感到恐怖。如果不快刀斩乱麻把那家伙解决掉，爸爸给他创下这么大的基业，肯定就毁在这小子手里了。实际上一接到那家伙电话，岳大亮就认定不让他永远消失，后果不堪设想。

车子开到牤牛河那座铁索桥，从车上下来，岳大亮背着钓鱼包直接来到小湖边。随便找了个地方，打开包，把钓渔竿拿出来，接上鱼饵甩出渔竿，岳大亮坐下来盯着鱼漂又开始想了。

“把那家伙引到这里，然后干掉他？”

岳大亮朝四周看看，山谷里前后左右一片宁静，铁索桥上也很少有人或者车子过往。

“干掉那小子，绑块石头让他沉到小湖里？”

今天出来说是散心，实际上岳大亮早有打算，他想来这里先考察一下环境。

“可是，怎么把他引到这？那小子会不会想到我要杀他？”

“不是为了钱嘛，打电话告诉他，就说钱在这里藏着，想要就来这儿。”

“那家伙害怕被杀，不敢来的可能肯定有。如果豁出去，告诉他，钱放这儿了，不敢来拿随你便，愿意报警就去。那小子为了钱，这样一吓唬，他肯定心里得掂量掂量。二者选一，冒点儿风险去拿到一大笔钱，怎么也比一个子儿拿不到去报警划算吧？”

“如果来，那小子会不会带几个人过来？”

“应该不会，除非带他老婆儿子，否则的话，不管带谁来，都得见面分一半。还有，如果跟他一起来的人，知道他搞到的是一笔敲诈来的不义之财，同伙反过来敲诈他，不给就举报他敲诈勒索罪，如果真是这个结果，最后那小子甚至连一半都拿不到。”

“为了以防万一，要不要找个帮手？就算那家伙一人过来，一对一，能把他弄死？没见过面，如果那家伙比自己力量大呢？别没把他杀死，反倒被他杀死，那可就全完了。”

“帮手找谁？绝对不能让林必成干。”

“找娄云？”

“也不行吧？万一最后败露，怎么能把老同学娄云牵扯进来啊？”

岳大亮最后决定自己干，到时候准备好一块石头，悄悄从背后先把那家伙砸晕再说。接下来，岳大亮还有一件事要干，考虑到万一事情败露，他觉得怎么也得给苏晚霞先留下些话，他想告诉苏晚霞他为什么撞死林必成的妻子和女儿，以及集团公司以后怎么发展，人事方面怎么安排。他还想告诉苏晚霞，自己一直以来瞒着她不愿意对她讲的一个秘密。

岳大亮从渔具背包翻出早就准备好的纸和笔，把脑子里那些纷乱如麻的思绪，抽出一根头绪，在纸上渐渐变成了一行行文字。这时候，岳大亮感到他那颗乱糟糟的心，终于平静了。

天上飞过一群小鸟，落在河谷树丛里唧唧喳喳地叫，岳大亮没有听见。湖面上几只野鸭，一会儿进水里一会儿又露出来，戏着水翅膀在水里荡起一圈圈涟漪，岳大亮就算有留意，这会儿肯定也没这个闲情逸致去欣赏。鱼没上钩，鱼饵被吃光了，鱼漂漂在水面没了吃食反应，岳大亮看见也跟没看见一样。

密密麻麻写了两三页纸，岳大亮反复看了两遍，感觉要说的话都说到了。这时候，岳大亮突然觉着这东西不能带回家，不能让苏晚霞提前知道，也不能放自己办公室，担心有一天被警方搜查到。岳大亮抬头向四周望一望，他想找个有记号的地方把东西先藏这里。

接着，岳大亮看上了那座铁索桥下。

来到桥下，仔细观察，岳大亮发现桥下石墙有个缝隙，手伸进去，摸到一块松动的石块。拿出石块继续往里摸，摸着摸着，岳大亮心里咯噔一下，他感觉摸到一个四方铁盒。把铁盒拿出来打开一看，岳大亮怎么也没想到，铁盒里有一沓纸，纸上居然全是娄云写的他梦到苏晚霞的那些梦。

“天哪！原来娄云真的暗恋着苏晚霞?!”

“还爱她爱得这么深啊?”

岳大亮想起了南洋粤菜馆那次一起吃饭，娄云一口咬死，不承认暗恋苏晚霞。

看着每一张笔记本纸正反面密密麻麻都记录着不同的梦，一沓纸足有七八十张，岳大亮这个吃惊，真的无法用语言描述。接着，岳大亮抽出最上面那一张，仔细念起来。

今天心情特别不好，吃完早饭拿上渔具，就直奔牤牛河这里来了。真是又验证了我的经验，心情不好鱼就不上钩，鱼钓到中午，居然一条小鱼都没钓上来。馒头咸菜填饱肚子，心想着在这里小睡一会儿，醒来就打道回府，可这一睡，晚霞你又来到了我的梦里。

梦里我骑着电动车，下了大路，顺着盘山道正往铁索桥这里走，也不知什么原因触动我，眼睛突然朝山坳里一家山乡度假村望去。这一望，潜意识里我居然想到了大亮跟嬴丽。平时一直感觉大亮肯定跟嬴丽有那种关系，可是，在办公室看到他俩又怎么也感觉不到。梦里潜意识一出现，我一拐电动车就朝着那家度假村去了。走近一看，居然发现大亮的车子就停在度假村门前的停车场。打听到那辆奥迪车主入住哪个房间后，我上去二楼找到那房间。一推门让我大吃一惊，撞见大亮光着身子正搂着也是光着身子的嬴丽。梦里我感到奇怪的是，他们俩看到我闯进去，居然没有任何反应。梦里记得我掏出手机，咔嚓一下把他俩那场面拍了下来。接着，我一句话没有就离开了。

梦里我从度假村出来，一路兴奋，心想着抓到了大亮跟嬴丽偷情的证据，回到家就让晚霞你看。我急赶着路来到我常钓鱼的铁索桥下那个小湖，让我没想到的是，居然看见晚霞你就坐在我钓渔竿旁边。以下是咱俩梦里说的话，梦醒后我记得真真切切，基本一字不落都写在了这里。

“晚霞，你怎么在这儿？你知道我来这儿钓鱼？”

“不是你让我来的吗？”

“没有啊？你应该不知道我娄云常来这儿。”

“你看你，娄云，你带我来这儿好几回了，你啥记性？”

“可是……我刚刚来到这，怎么我渔竿会自己跑到这里来？”

“你早就过来了，刚才你告诉我，说是去那边那个度假村看看，你怀疑大亮跟嬴丽在那儿。”

“晚霞，我看到了，我真的看到了，我一推开门，大亮跟嬴丽光着身子正在床上，我拍下了，你看看。”

说着，我手就伸进衣兜掏手机，你连连朝我摆手。

“不看不看，别让我看，我不看，我早就知道她跟大亮在那儿。”

“什么?!你知道?你早就知道?”

“我什么都清楚，大亮他不爱我了，我一次次劝他让嬴丽走，他一次次不听，我真的对他失望了。”

“那以后，你打算怎么办?”

“娄云，给你说过多少次了，让你跟罗明珠离婚，你怎么还不跟她离呀?她一直生不出孩子，你还留恋她干啥?我从初中到高中一直在心里爱着你，你怎么就不知道?记得有一次上晚自习，你跟大亮把我叫到小树林那儿去见林必成，突然停电，小树林一片漆黑，是你从背后偷偷亲了我一下，我当时说，你们三个别谁也不承认，谁亲我将来我就嫁给谁，那会儿，其实我心里知道是你呀!”

“不是我，是大亮。”

“怎么是大亮?谁亲我，我还不清楚?你胆子小，就是不敢告诉我。”

“不是大亮，就是林必成，反正不是我。”

“你说是你不是?你再不承认，我马上就走，以后再也不理你了。”

“好好好，是我，我承认。”

“你什么时候跟罗明珠离婚?你给我个时间。”

“回去就离，这可以了吧?”

梦里我答应你离婚，你扑过来就搂住了我。就在这时，大亮跟嬴丽突然出现在眼前，我愣怔着看着大亮，心里正疑惑着他怎么知道我在这儿，只见他一挥拳头冲着我就砸过来了。我松开你赶紧躲闪，大亮他一个踉跄栽倒在石头上。这时，我想起晚霞你一直爱着我，想起大亮对林必成好，想起晚霞你没有了大亮，他那个月亮湾美食集团公司那么大的公司就是晚霞咱俩的了。想到这，我捡起地上一块碗大的石头，朝大亮脑袋猛砸过去。也就在这一刹那，你一把抓住了我，嬴丽也喊叫着冲过来。我一慌，石头没砸着大亮，却刚好落在我脚上，疼得我"哎呀"直叫。这一叫，我梦醒了。

"这……这个家伙，怎么会做这样的梦啊?"

"你这家伙不但臆想着苏晚霞主动去搂你，臆想着我跟嬴丽在一个凭空造出来的度假村有那种事，居然你还臆想着把我岳大亮砸死，夺走我的集团公司!"

"娄云啊娄云，你小子真是做梦想好事，你怎么不撒泡尿照照自己，苏晚霞会爱上你?"

"那次小树林停电，不是你娄云，林必成也不承认是他，那是谁呀?"

看完娄云的第一梦，岳大亮的心里感慨万千，他突然对这个一直印象不错的老同学，感到格外陌生了。岳大亮又接着看了几张，全是娄云梦到自己老婆的场景。尤其看到娄云最早一个梦是十几年前做的，算算那些梦几乎每月一个。看着这么多梦，看着娄云这么频繁梦到苏晚霞，看着梦里娄云跟苏晚霞干的那些事，岳大亮心中五味杂陈。

那种感觉，岳大亮不知道是愤怒，还是嫉妒。

手里拿着那些梦，岳大亮掏出打火机，刚想一把火烧掉，手突然停下了。

“不能，梦就是梦，梦里发生的那些不是真的。谁都会有梦，一个男人梦到自己喜欢或者自己暗恋的女人这很正常。很早以前，自己不也梦到过苏晚霞吗?”

想到这，岳大亮把那些梦按原样装进铁盒，重又放回石缝那个洞里。

第22节　小姐身子

叶映红虽说是一位小学音乐老师，可她从心里总是不愿意跟那些整天叨叨个没完的语文数学老师为伍，总觉着自己教的这门课跟艺术沾边。穿衣打扮上也有自己的个性，她不喜欢街上众多长裙子直发那种淑女型女孩，也不喜欢五颜六色的衣服上有许多挂件头发扎起来的那种，她觉着这种打扮有装嫩之嫌，跟自己年龄不否。她喜欢牛仔裤，喜欢齐耳短发，喜欢跟大多数她这个年龄段的女人不一样。

喜欢短发的叶映红，发型一般三个月做一次。周六这天，美术老师打来电话，说是临时有事，下午五点的课不能上了。正赶上叶映红一直说得空得去做做头，距上次已经四个月了，头发疯长得跟墩布一样，实在不能再往后推了。吃完午饭出门时，叶映红告诉女儿下午一个人在家背英语，把要背的几篇文章给女儿画出来，接着叮嘱今天依旧去上班的林必成早点儿回来。一切安排好，叶映红离开了家。

叶映红来到她常来的这家中档次发屋，一进门，看到没空位子，老板给她打过招呼后，把她带到了等待区。坐沙发上，随手拿起一本杂志乱翻起来。接着，她听到也是等着做头发的两个女人如下谈话。

“哎，还真没注意，你脸这么好，换牌子了？”

“雅姿系列你知道吧？”

“听说过，好像是个国际品牌，挺贵的吧？”

“关系不错的一个同事一直给我推荐，说有一款抗皱乳霜，怎么也得让我试试。同事一直说，也不好意思驳她面子，心想，上当就这一回，一咬牙就买了一套，花了我二千多元钱。”

“我说你脸怎么变了，原来你上了档次。实话说，你两千多元钱没白花。以前仔细看你，我都不好意思开口，你脸上真的有细细的小皱纹。女人一过三十，真有恐慌的感觉，你瞧瞧？我脸上也有了。”

“那干脆你也买一套用用呗！”

“两千多元钱呀，我不吃不喝一个月的工资，还真舍不得。”

“等到你老公一看到你就皱眉头，他外面有了人，你那会儿舍得就晚了。”

……

俩女人这段谈话，让假装看杂志的叶映红听着听着，就感觉自己两腮颊发烫了。发烫的原因不是担心人家看出她没使用高档化妆品，而是觉着自己是个搞音乐的人，各方面都应该上档次。想想平时用的那些便宜货，叶映红就觉着脸红。叶映红跟学校那些爱唠叨的同事比，脸上这块地怎么修整她知道得更多。虽然叶映红买不起上一点儿档次的品牌，但她一有机会逛商场，总要去高档专柜看一眼。街上遇到每一张女人的脸，叶映红一眼就能看出这女人花钱是哪个级别。除了两千多元钱的抗皱乳霜，还有那些滋润系列、美白系列、保湿面膜、日霜晚霜、粉底液、睫毛膏唇膏，哪一款都不得动辄上百上好几百元钱，甚至再好一点儿的得上千元钱啊？还有牙齿，每当叶映红看到那些偶像照片洁白如玉跟满口珍珠一般的牙齿，就艳羡得要死。可是，打理好牙齿也是要花钱的。达不到自己心中标准，知道得越多烦恼就越多。不错，女人一过三十的确感到恐慌。叶映红也三十出头了，虽说脸上还看不见皱纹，但那个弹性那个水灵劲确实不能跟前几年相比。跟女人不一样的是，男人过三十，对女人的诱惑才刚刚开始。林必成本来就长得讨女人喜欢，进了岳大亮的公司当上了采购部经理，虽然工资挣得不多，手里也算有点儿小权力，真有一天看着自己不顺眼，她的处境就跟刚才那女人说的一样了。不过，叶映红这一点还不用十分担心，至少目前她还没发现林必成有这种迹象。最让她难受的是自己小姐身子丫鬟命，她觉得那些高档化妆品用在谁脸上都是浪费，谁不用都可以，就自己不能不用，可事实上偏偏自己买不起。

做完头型，叶映红看看天还早，好容易得空出来一次，干脆去逛逛商场。

来到东方购物中心，叶映红先去了乐器部。

叶映红师范类毕业，在大学接触过钢琴，基本算会弹。大学毕业后当上音乐教师，学校里倒是有一架钢琴，老旧得只能发声不说，音也好久没请人调试了，弹支歌还凑合，演奏名曲简直就不是调。别说让女儿小可先不用花钱练着，叶映红自己都觉得在这架钢琴上练不出名堂，甚至担心把习惯练坏。因此，宁可花钱请人教，这架不用花钱的钢琴她也不让女儿摸。

叶映红看上那架星海牌钢琴，每次逛商场，每次逛完其他地方都要来这里看一眼，次数多了，价格比她生日都记得清楚。其实，一万多元钱的星海牌钢琴，日子紧个一年半载也能买得起，一直不买的原因主要是房子小，没地搁，还担心天天练声音传出去给邻居找麻烦，想等着一换大房子就买。今天来到乐器部，她突然看到价格整整涨了一千元钱，才想着去问问以后还会不会涨，只见一位家长当场点现金拉走一架。叶映红没好意思再问，一脸无奈地离开了乐器部。

从楼上下来，叶映红没去化妆品部，虽得刚才脑子一热想着不能亏待自己这张脸，包包里没带钱不说，要马上买吧她又不舍得，怎么想也觉得钱还是应该花到最有用的地方。路过化妆部匆匆瞥了一眼，接着叶映红来到爱马仕女包专柜。她知道这个牌子的女包比LV还要贵，每次来这每次看到五六万元的标价都感觉这是店家有意识做的轰动效应广告，这个三线城市绝没一个人会出这么高的价买一个包包。然而，这次让叶映红亲眼看到了。还不是刷卡，一个女人拿出五沓百元钞票加上零头，没几分钟就成交了。看到那女人一脸轻松拎着她一年工资都换不来的那个包包离开，叶映红那个吃惊，直让她咂舌。

更咂舌的还在后面，叶映红路过玉石专柜，她突然听到站在柜台外面的一个男顾客说："就这样吧，二十三万八千元钱不变了。"叶映红止步转身，看到柜台外面那一男一女也是一脸轻松的样子正在成交一对玉镯。没等到人家刷卡还是付现金，叶映红赶紧躲闪着走开了。

"要是一不小心，打碎了怎么办？"

这次没咂舌，从离开玉石专柜到出来商场，叶映红心里一直嘟囔着这句话。

回到家，叶映红把商场见到的两件事，一股脑告诉了林必成。

"有钱人多着呢，十万二十万元钱算什么？网上说有一个阔少追一个明星，第一次见面就送那明星一块八十万元钱的表，几万十几万元钱的我知道有，一块表值八十万元钱我真的连听说都没听说，可网上就这么说的，谁能不信啊？那么点儿小东西，比咱这一套大房子都贵，而且跟买玩具一样，你说人家多有钱吧。”

“必成，咱什么时候有钱？咱什么时候买大房子？”

“你这话问的，什么事都得慢慢来，要是我今天中大奖，大房子马上就买，这可能不？”

“我刚去商场，又去看钢琴了，星海那牌子又涨价了。”

“涨也没办法，买到家没地搁，这你不是不清楚，还得先换房子。”

“你进公司时，岳大亮不是答应给股份吗？什么时候给你？”

“我刚说慢慢来，就是这意思，进大亮公司还不到一年，怎么这么急呀？少说也得给人家干个两三年吧？再说，什么时候给只能人家大亮嘴里说出来，咱能好意思张口要？”

“岳大亮那么多钱，你跟他关系那么好，先借他点儿，借个首付应该可以吧？”

“映红，你怎么就不懂啊？越是关系好钱越不能借，人家钱多是多，但人家都有安排，张开这个口，让人家大亮为难，那就不好了。再说，咱现在小可还小，住小一点儿房子不也挺好吗？”

“什么挺好？别说钢琴买不起，买得起也没地搁，如果家里有钢琴，我就可以教她，光一年省下来这笔学费也有好几千块，两三年就能省出一架钢琴，你算过这账吗？”

“映红，买大房子的事容我想想，跟大亮借钱也不是不可以，得找个机会，最近大亮挺关心小可画画情况，不清楚他什么意思，如果……”

“大亮挺关心小可？”

“好像是。”

“是不是他喜欢小可？”

“那谁知道？随便问问还是真心喜欢，我看不出。”

“大亮就一个儿子，没女儿，又跟你关系那么好，肯定是真心喜欢，是不是想让小可做他干女儿？有没有这个意思？你怎么不接他话问一问？”

“你看你，不能跟你说点儿事，一说你就急得不行。就算有那个意思，也得让大亮自己说出来，咱怎么好意思主动说呀。主动让小可做他干女儿，让大亮误会咱们想分他财产，那就不好了。”

“必成，你还别说，真要小可做了大亮干女儿，那将来他那么大家业，就算不分给小可一半，至少有小可一份，如果你不好意思开这个口，我找个时间去探探他。”

“你千万别，还是等大亮表露出来再说吧。”

“那等到什么时候？不如这样，大亮不是一个儿子吗？跟大亮说，让小可跟他小亮定个娃娃亲也行，这样，以后大亮那么大家业就全是咱小可的了。”

“不行不行，映红你真是疯了，怎么想着干女儿的事又想起娃娃亲了？”

“这样你俩关系就更进一步，你有难处大亮肯定主动帮你。”

“绝对不行，你知道小亮以后是什么样，如果小亮连个大学都考不上呢？如果咱小可将来出国留学读博士呢？再说，小可长大了你知道她能不能喜欢上小亮？反过来，人家小亮长大喜不喜欢咱小可也是不好说，你怎么为了贪人家大亮的钱什么都不顾啊？你原先不是这种人，怎么突然变了？现在什么年代了，你还有这种陈旧的念头？你千万不能提这事，想都不要想。”

“林必成啊林必成，这你就傻了，先定下来再说，至于将来两个孩子愿不愿意，那是将来的事。眼前最要紧的是跟大亮借点儿钱，先买个大房子。”

“你真是想钱想疯了，这件事绝对不行。”

“是不是你不好意思开口？”

“不是。”

“那你什么意思？”

……

第23节　三更半夜

一阵急促的喇叭声，把刚进入梦乡的魏前峰惊醒了。魏前峰一个翻身坐起来，惺忪的眼睛拉着灯，一看墙上的表，才凌晨三点多一点。一边想着这是谁呀？这么早就来上班了？一边趿上鞋披上衣服，摘下墙上挂着的一串钥匙，在又传来急促喇叭声中走出了门卫室。

“谁呀谁呀？半夜三更，叫什么叫？”

魏前峰一踏出门卫室，还没看清楚是谁，就习惯性地嘴里嚷嚷起来。

“哟呵，你火挺大啊，还敢骂我，你说谁叫？”

隔着铁栅大门仔细一看，魏前峰这才看清楚门外车里探出脑袋的居然是他老板。磨磨蹭蹭出来开门不说，还冲着老板一句“叫什么叫”，这话明显把老板当成了狗。平时，看大门的态度一不好，很容易被骂作看门狗，魏前峰挨这种骂多了。这会儿他心里清楚，老板只是按喇叭催他开门，并没把他当成狗，反而自己一出口，话里暗含着老板是狗，老板怎么能不对他发火？老板回敬一句，魏前峰一听就知道自己惹了祸。搁上平常，魏前峰肯定赶紧上前点头哈腰满脸赔笑说一串自己不是。可是这次，魏前峰硬了。

“谁叫？你说谁叫？”

“你老魏今天怎么了？是不是不想干了？刚你张口就骂我，还不承认？”

“谁骂你了？你一直按喇叭，我就出来了，什么时候骂你了？”

“别他娘的说了，赶快给我开门。”

“你骂谁?！谁他娘的?”

“就你他娘的，骂你怎么了？不想干赶快给我滚蛋！三条腿蛤蟆不好找，两条腿干活的满街都是。”

“还别说，老子就是不想干了，你不用跟我发火，我姓魏的这就收拾东西走人。”

魏前峰马上就要发大财了，他用不着再在这当这个门卫。昨天夜里一接到岳大亮的电话，他决定第二天一早，拿到那笔巨款就去找老板辞职。可是，还没等到天亮，还没拿到钱，半夜里偏偏就遇上了老板。人一有钱气就粗，想想自己一笔巨款马上到手，魏前峰提前就气粗了，脑子一热就跟老板杠上了。上来没几句，老板要他滚蛋，他说走就走。这几年，魏前峰下岗后一直日子过得不好，见到谁，腰板都直不起来，来这厂子跟人家打工当门卫，还是熟人介绍来的，平时见到老板总是客客气气不敢给人家说差话。刚才跟老板一接上火，魏前峰觉着自己心中积压多年的这口怨气，总算痛痛快快释放出来了。打开门老板进来后，魏前峰回到门卫室，三下两下，把喝水杯还有毛巾之类的小东西装进塑料袋，拎起来挺着腰板就离开了这个干了五个年头的厂子。

三更半夜去哪？魏前峰心里有数，他准备去取那笔巨款。

昨晚十点来钟，岳大亮终于主动给魏前峰打来电话，先告诉他没发现那辆老式奥迪有撞坏的地方，如若不信，请他去公司亲自查验。紧接着又告诉魏前峰，说是既然你作为目击者，看见肇事车是一辆老式奥迪，而且受害者又恰巧是我们集团公司员工家属，这么巧合的事你魏前峰如果举报，肯定会招致警方来本公司调查。为了不影响公司声誉，答应魏前峰提出索要二十万元钱的封口费的要求。

一听那辆奥迪没撞坏，还让他去公司当面查验，魏前峰心里咯噔一下。接着听到岳大亮担心公司声誉受损，担心他去举报，害怕警方去公司调查，最后答应给他二十万元钱封口费，魏前峰全明白了。

“撞就撞了，还啰嗦那么多废话，上来就说没发现车坏，吓我老魏一跳。”

“什么都清楚了，只要答应给二十万元钱封口费，不管谁开车撞死人，背后主谋就是这个岳大老板。撞死那个叫林必成的老婆和女儿，现在也可以肯定就是故意撞上去的，这起车祸是一起故意杀人案。这家伙有两条人命在身，一旦被警方抓住，就算不枪毙，肯定也得蹲监狱，张口要二十万元钱封口费，的确太少了。不过，还按原先计划，先拿到钱再说，什么事都得一步步来。”

魏前峰心里一边想，一边听下面那家伙说二十万元钱怎么成交。

“给你二十万元钱，怎么能保证你不再有下一次啊？”

“想让我写个保证书？”

“那当然最好，不然，过几天你还会跟我要二十万元钱，我不能变成你的提款机。”

“你一个大老板，这么啰唆？写个保证书管屁用？”

魏前峰不傻，他知道即便写了保证书，下次再要，还是跟第一次一样，这家伙不敢不给。

“怎么能不管用啊？手里有你写的保证书，就等于掌握你勒索我们公司的证据，下次你再提出索要，在我们公司不能接受的情况下，我们就可以拿着你这份保证书，举报你勒索罪，把你弄进去。”

“岳总，你吓唬谁呀？你是故意打马虎眼，还是记性差？第一次给你打电话，就知道那次车祸肇事凶手就是你，你公司那个叫林必成的偷你老婆，你嫉恨他，你故意撞死他老婆和他女儿，你犯的不是肇事逃逸，你犯的是故意杀人罪。你有两条人命在身，你还敢反过来举报我？”

“二十万元钱不是小数，怎么也得当面给你，这样，我明天去山里钓鱼，咱在那儿见个面。”

“想把我引到山里没人的地方，然后把我干掉？”

“我一个大老板怎么会杀你？你想得也太多了吧？”

“你不是杀过两个了吗？”

“钱你要还是不要？如果担心我杀你，那你去报警好了。”

“钱我肯定要，你不给，我肯定报警。”

“不是说，去山里给你嘛。”

“山里我肯定不去。”

“不去山里，你说在哪儿给？咱俩在哪儿见面？”

“我不会跟你见面。”

魏前峰一是担心被杀，另外岳大亮就是不说，他也知道自己犯了勒索敲诈罪。加上他作为目击者看到肇事车辆不举报，他心里害怕万一暴露，警方找他麻烦。还有个原因，他常在人多的地方骗钱，觉着很多人都认识他。不管这是不是理由，反正魏前峰心里害怕。

“这么多钱，不见面怎么给你？”

“这还不容易？给你个卡号，你打到我账户里。”

“打你卡上也可以，不过，钱我准备好了，如果你不要现金，那你还得再等一等。”

最后，魏前峰觉得还是要现金保险，他担心打卡上会留下后患。另外，见面给钱，魏前峰还是坚决不同意，他提出把钱埋在那片白杨林他拉屎的地方，岳大亮勉强同意了。考虑到二十万元钱太多，岳大亮提出分两次给，而魏前峰急切想得到那笔巨款，同意先给十万元钱的前提下，让岳大亮挂掉电话马上就把钱放到那里。岳大亮犹豫一下，最后也答应了他。

接完这个电话，魏前峰突然有些后悔，心里琢磨着不该让姓岳的在夜里把钱放那儿，一是担心夜里危险性大，再就是担心钱丢。可又一想，还是夜里去放好，白天姓岳的往那儿放钱容易让人看见，钱丢的可能性更大。至于夜里担心被杀，魏前峰觉着白杨林那儿他熟悉，可以先躲藏在暗处，最重要去取的时间自己掌握，这他就放心了。

确定晚上比白天好，接着，魏前峰想到什么时间去。

“现在就去？姓岳的到来之前先盯着他？可是，这会儿值夜班，走不开呀？”

“再说，半夜里万一撞上他，姓岳的一时起念会不会干掉自己？”

“不行不行，还是等到天亮去稳妥。”

魏前峰一人在门卫室坐立不安，一会儿想着去，一会儿又害怕去了被干掉，一会儿想着值夜班走不开，一会儿又想着拿到那笔巨款明天就辞职。想着想着，一看表，时间已到了凌晨一点。这时候，魏前峰觉着夜太深了，这个时间不能去了。说不定姓岳的答应夜里去放钱，根本就是个诱饵，说不定姓岳的这会儿正藏在暗处等着干掉自己呢。想到这，魏前峰一撂身子躺在了床上。

凌晨三点，发生跟老板吵架那一幕，魏前峰觉得正给他来了个顺水推舟。

出了厂子大门，魏前峰打了个出租车，直奔那片白杨林。

出租车来到中山路口，魏前峰就让司机停下了。按正常入口，魏前峰要进入白杨林，应该再往前两百米下，那里有个公交站牌，可是，魏前峰多了个心眼，他不在那儿下，他担心姓岳的暗藏在那里，担心岳大亮冷不防从暗里出来一刀捅死他。魏前峰下车从林子西沿摸索着绕了过去，摸索到发生事故地点他当时躲雨的水泥道对面。这时候天还没亮，但夏天天亮得早，凌晨四点来钟视线内也不是太黑。魏前峰站在林边先是四处张望，没发现一个人影儿，接着朝对面望去也没发现有什么动静。魏前峰一个箭步越过水泥道，来到他拉屎的那个地方。两只脚在满是腐叶松软的地上乱踢蹬一阵子，心想着十万元钱十大沓不是个小东西，藏哪了？正疑惑，突然一个塑料袋被他踢了出来，里面有东西。拿出袋里那一沓钱，打开手机屏光，看清楚红花花的一万元钱，魏前峰又惊喜又气恼。

“怎么才一万元钱?!”

接着，魏前峰发现钞票上有个字条，字条上写着：“这里不保险，余款在东南角那片最茂密林子里一棵最粗的树下，树干上有个箭头记号。”文字下面还画了个具体方位图。

"诱我去那儿?"

魏前峰不清楚是余款真在那儿，还是把他引诱到那想把他杀死。不过，魏前峰转念一想，如果真想杀他，这会儿这里也能干掉他，何必再换个地方。再说，十万元钱放这儿确实不保险。

魏前峰心里七上八下，眼睛四处张望着走出这片林。魏前峰不敢走林子间小道，穿过两片跟刚才一样大的林子，他来到东南角。按照字条上的方位图，在那片茂密林子间找到了那棵有箭头记号的粗树。听了一下动静，四周围没传出任何声音后，他蹲下身子在那棵树下刨起来。从松软土里拉出一个塑料袋，发现袋里边有半块砖头时，魏前峰愤怒了。

"王八蛋！居然耍我！"

魏前峰一边嘴里骂着，一边往衣兜里摸手机。这时，他突然发现袋子里又有一张字条。

"你不用着急，我没有骗你的意思，也不敢骗你。这里是下次给你钱的地方，没别的意思，我还是担心这么多钱放这里，不约定好时间，担心钱到不了你手。我必须告诉你，我一个身家数十亿的大老板，只要你不举报，十万二十万元钱我根本不在乎，你放心好了，既然你不愿跟我见面，你就大胆来这取。顺便说一声，以后你有事尽管开口，只要我不进去还活着，怎么都好说。"

看完字条，魏前峰笑了。

第24节　前赶后赶

月亮湾美食集团公司办公室有一辆黑色广州本田汽车，配备一名专职司机。这样，不管是娄云还是嬴丽，还有财务上几个会计以及负责搞活动广告策划的几个小年轻，有事全是这辆车出勤。这意思，娄云虽说负责办公室，但他没有自己的专车。这一点不能跟林必成比，林必成没有专职司机，他可以天天开着采购部那辆车一个人到处乱跑，甚至上下班都开着。不过，自从拿到驾照，娄云也偶尔跟司机要过钥匙，自己开着那辆车出去过过瘾。关于办公室增加车辆的事，娄云从来没跟岳大亮要求过。倒是岳大亮答应过娄云，说是过段时间办公室再配备一辆新车，那辆广本让娄云一个人开。娄云客气一句，时间一晃几个月过去了。昨天，岳大亮突然把家里车库那辆老式奥迪开到公司，将钥匙给了娄云。

“一直认为这辆车不行了，前几天去修了修，准备修好卖掉，随口当着师傅面说了一句，师傅却告诉我，说这车性能好着呢，听声音就知道，现在十几万元的新车也不能跟这车比。师傅一说就不想卖掉了，闲着也是闲着。再说，你跟必成都是老同学，都关系不错，他整天开着采购部那辆，就跟自己专车一样，你没车，我看着也觉着对你不公。这样，办公室没配新车前，你就先开着这辆。”

上车打着火，声音果然比办公室那辆广本还好，娄云心里乐了。

大亮为什么突然给我车开？这辆老奥迪在他车库里好久了，早不给晚不给，偏偏这时候给？

开上老奥迪兴奋的同时，娄云心中渐渐冒出了这个疑问。其实，娄云老早心里就感觉岳大亮对他不如对林必成好，那次三人从山里钓鱼回来，这种感觉更强烈了。交钥匙时，岳大亮提到林必成，还提到对他娄云不公，娄云疑惑岳大亮感觉到了什么。接着，娄云又跟最近自己做的那个梦联系上了。

怎么会做出那样的梦？怎么老是梦到苏晚霞？

去铁索桥钓鱼盘山道半路上，根本就不存在那个山乡度假村，怎么会梦见大亮跟嬴丽在那儿啊？

梦里苏晚霞扑过来，大亮跟嬴丽突然出现，大亮挥拳头扑空栽到石头上，自己拿起一块石头就去砸他，这梦真是荒唐。白天什么时候想过让大亮死？怎么梦里会出现这种凶杀场面？上次那个梦，还梦见大亮跟林必成全出车祸死了，真是邪门了，白天没这样想过呀？记下来这些梦，真要是让大亮看见，看见我跟苏晚霞在一起发生那种事，看见我诬陷他跟嬴丽，看见我用石块砸他，看见我娄云盼着他出车祸，盼着他死，大亮他会不会认为这仅仅全是在梦里？他会不会认为梦里发生这一切全是我娄云白天所想？如果真看到那些梦，老同学这么多年关系，就算彻底到头了。

说这梦荒唐还真是荒唐，高中小树林停电那次，明明是我偷偷亲了苏晚霞一口，怎么梦里会对她说不是我啊？白天没胆子向苏晚霞表白，难道梦里也是个胆小鬼？

娄云啊娄云，你真是个窝囊蛋，你爱苏晚霞爱得这么深，十几年来你一直梦到她，而且她在梦里也一直爱着你，还说让你赶快跟罗明珠离婚，你怎么就不敢当面告诉她？你还是个男人吗？

哦，对了，苏晚霞一直劝我离，离了怎么办，不是还有大亮吗？

那天一起去钓鱼，大亮说他有一天会突然发生车祸？好好的，怎么会突然说出这种话？

要是大亮真发生车祸死了，那就好办了。

娄云每一次梦，每一次梦到苏晚霞，每一次都会产生强烈意念想当面告诉她，结果每一次都是在他自己胆小中不了了之。下午下班，娄云开着那辆老奥迪，心里又想着最近几天找个时间，下决心去跟苏晚霞表白一次。尤其想到梦里苏晚霞催他离婚，他必须当面跟她问个清楚。

回到家，一件意外的事发生了。

“娄云，你回来了?”

罗明珠一见娄云进家，赶紧扯下一条毛巾，笑吟吟递了上去。

“今天这么高兴，有喜事了?”

“你还真说对了，给你生了个女儿，快过来看看。”

罗明珠边说着，抓住娄云就往里屋拉。

来到里屋，娄云一眼看到床上一个睡着的婴儿，火立马就冒了出来。

“你……你怎么不跟我商量，就让人家抱过来?!”

娄云瞪着眼睛，冲罗明珠诘问。

“我不跟你商量？给你说过多少次了，你忘了就说忘了，我又不是自作主张。”

“你是说过，可我一直没同意你。”

“上次你说过几天再说，这不是过几天了吗？噢，你要是一直不同意，咱这辈子就一直不要孩子了？我妈那儿都快急死了，你怎么就不替我妈想想？退一步讲，就算不为我妈想，咱两口子，我也有一半权利，你怎么也得尊重一下我的意见吧？再说，人家十月怀胎受那么大罪，生下来吃的喝的就不说了，一分钱不向你要，等于天上白给你掉下个女儿，这种好事你去哪儿找?”

“我跟你说不清，一句话，明天赶快给人家送回去。”

“怎么说送就送？这个家我还算不算一口人？我是你老婆，你到底尊不尊重我？”

“明珠，平平静静一个家，突然冒出一个别人的孩子，你让我怎么接受？你就不为我想想？说我不尊重你，你尊重我了？如果这孩子是你自己生，我说不要，那我是不尊重你。你不经我同意，之前连个招呼也不打，你先斩后奏让你亲戚把孩子强行抱来，怎么能说我不尊重你？这是你不尊重我。”

“就算我不尊重你，孩子抱来了，你也得为我想想。”

“孩子必须送回去，不能天天让我看着心烦。”

“娄云，小孩子都这样，才这么一点儿大，天天抓屎刮尿的伺候她你肯定烦，等孩子大了能逗你开心，你就不烦了。再说，家里不能一直没孩子，没个孩子闹腾哪像个家呀？没个孩子天天你大眼瞪着我我小眼瞪着你，很多时候咱俩一句话没有，这叫什么日子？没孩子这几年，你知道我心里多难受吗？每次去市场买菜，看到人家孩子就想伸手去摸。有一次看到一个家长打孩子，我心里那个疼，就跟打我自己孩子一样。还有一次我实在忍不住了，上去就把孩子护住了，人家家长用奇怪的目光看着我，感觉我神经不正常一样。他们都有孩子，他们不理解我，可是，跟你娄云过这么几年，你怎么也不理解我呀？你一不在家，家里空荡荡的，我就忍不住想孩子，想有了孩子长得像你还是像我。你鼻子长得好看，我大大的眼睛，孩子是不是能遗传咱俩的优点，这样搭配如果是个女儿，长大肯定是个美女。给孩子起个什么名字，有个女儿叫什么，有个儿子叫什么，脑子里突然就想起一大堆名字来。有时候看着电视，发现电视剧里有个女孩子名字起得好，就觉着咱有个女儿就叫这个。每次去商场，都要拐到儿童部看看小孩子服装，一边逛一边想着孩子几岁该穿什么，是女儿穿什么，是儿子穿什么，春天穿什么，夏天穿什么。逛完儿童服装，还要去玩具部看看，女孩的各种布娃娃，男孩的飞机大炮坦克和各种手枪冲锋枪，我全看过好多次了。这些我都没告诉你，告诉你还不好意思怕你笑我呢。去庙里烧香，你知道我去多少次了，一直瞒着你没跟你说，可是你……有一次我烧香回来，夜里做了一个梦，梦见我一下子五男二女生了七个，比那天电视上报道一个女人生了五个还多两个呢。那天我记得把这梦告诉了你，还跟你开玩笑说，你看我一次生的比猪仔还多，你听了跟没听一样，一句话没有。你说你娄云，跟你过了这么多年，你关心过我吗？”

“这样，先把孩子送回去，咱马上去医院问问能不能做手术，再问问体外受孕的事。”

“不能，娄云，都答应人家抱来了，怎么能再送回去？人家农村亲戚连着生了五个女儿，这是第六胎，村里一直找她事。再说，现在城市只让生一胎，如果去医院医生说能手术或者体外受孕能怀上，咱不是多一个女儿吗？”

“原来你是替你亲戚想啊？”

“你看你，怎么这样想？我是为咱家，不是想着他们。咱不是一直没孩子吗？实话给你说，做手术或者体外受孕能不能怀上，我心里没底。再说，这孩子我也喜欢。”

“既然不为他们，送回去，他们爱给谁给谁，反正这孩子不能要。”

“为什么不能？”

“不能就是不能，没有为什么。”

“留下我自己养，不用你操心，这还不行？”

“不行，你如果执意留，咱就离婚。”

“离婚？！你要跟我离婚？！”

“你以前不是主动要求离婚吗？怎么？你现在不同意了？”

“以前是以前，以前我提出离婚你不同意，现在你跟我离婚我还不同意呢。你进了岳大亮的公司，当上办公室主任，名声好了社会交往多了，兜里有钱了你就不是你了？昨天你刚开上岳大亮配给你的车，你今天就跟我离婚？告诉你娄云，我罗明珠不是让你随便捏的，这几年就因我生不出孩子在你手里有短一直受你气早就受够了。为了这孩子，给你说了那么多好话，你怎么就不体谅我？我问你，你不要这个孩子你有什么理由？你一有空就去钓鱼，我都没管过你，你以为我傻？你真去钓鱼了？你是不是外边有女人？你一口咬死不要这孩子，是不是你外面女人给你养了个儿子？”

“你……你怎么胡乱瞎猜？”

“我胡乱瞎猜？你以为我什么都不知道吗？都多少年了你还想着你老同学，有一次你睡着觉突然嘴里喊着苏晚霞，你以为我没听见？你梦里想着人家，人家想你不想？你隔三差五睡醒就写东西，还说写小说想当作家，你一直瞒着我不让我看，你是不是给苏晚霞写情书？”

听到这，娄云一句话没有，从床上拿起一个毛巾被，头也不回离开了家。

罗明珠从小学到高中一直是班里差生，高中没考上大学，待业了一年自己开了一间小服装店，干了一年不赚钱就不干了。她爸爸在棉纺厂是个技术人员，正赶上厂子招工，罗明珠就去了棉纺厂。由于有她爸爸这层关系，没进车间，而是当上一名仓库出库员。这几年，罗明珠一直跟厂子里那些没多少文化的小姐妹在一起，不注重学习，也不求上进，更不去想自己将来的人生规划。比上车间，罗明珠这份工作既轻松也没多大压力，一个月拿两千多元钱的稳定工资，感到很满足。后来经人介绍跟娄云结婚，脑子里天天就是家长里短，加之受厂子里小姐妹影响，没有梦想的罗明珠越来越变得跟世俗女人没两样。娄云清楚，他自身条件也不好，想找人家爱打扮又漂亮的女孩，根本就是奢望。虽说跟罗明珠之间谈不上爱情，但罗明珠勤俭持家朴朴素素过日子，娄云感觉也挺好。罗明珠生不出孩子，娄云不太在乎，一是觉着不用着急，现在科技这么发达，总会有一天生出孩子来的，再就是隔三差五梦到苏晚霞，这些梦搅得他也无心顾及罗明珠生不生孩子的事。今天不同了，罗明珠突然让农村亲戚抱来孩子，娄云一下子火就冒了出来。

来到公司，打开自己办公室，娄云准备睡沙发过夜。

这时，岳大亮突然进来了。

“大亮，还没走啊？”

“娄云，你怎么回来了？在这睡呀？跟弟妹闹别扭了？”

“闹别扭了，我要跟她离婚。”

“离婚?！你要离婚？”

岳大亮一听娄云要离婚，心里吃一惊，他马上想到了娄云那些梦。

“是啊，我不跟这个罗明珠过了。”

“以前没听你说过，怎么说离就离？什么原因啊？”

“也没什么原因，反正不想跟她过了。”

“娄云，你个人私事，我也不便多问，正说给你打电话呢，今晚有点儿事，咱俩出去一趟？”

“什么事啊？”

“先别问，到时候你就知道了。”

第25节　蒙在鼓里

那天，林必成出了那家修车店，心里一直想着在店里修过的那辆老式奥迪，跟村里打听到的那辆京字牌照奥迪对不上，他不能确定是不是同一辆车。离开那家修理店，林必成开着车把县城剩下没寻查过的汽车修理店又过了一遍，结果，除了那一家，再也没有其他店提供他有用线索。林必成一边开着车一边想，他突然意识到，村里那辆京字牌照是出事前临时换上的，去县城路上半道又换上了原来的牌照。可是，想着想着，林必成又感觉不对了。那天下着大雨，车子前后牌照好几个螺丝，不容易换下来不说，即便下大雨马路上也会有其他车辆，难道就不担心被人看见？最重要一点，去修车半道上换牌照根本没理由，凶手不可能让修车老板对真牌照有印象。万一警方寻查修车店，真牌照更容易暴露，反而挂着假京字牌照去修更保险。

“反过来呢？如果那辆老式奥迪就是京字牌照，去县城修车半道换上一个本省假牌照，这样，修车老板和警方那里，全都不用担心了，难道是这样？”

林必成刚想肯定，马上否定了。

“不对吧？这样的话，凶手就必须提前准备好另一个牌照，既然有准备，就说明那个王八蛋是故意撞上的。他为什么故意撞上？这浑蛋是谁？我林必成没跟谁结下这么大的仇恨啊？”

林必成前思后想，想不出跟谁有仇。没有仇人，就不能确定肇事车司机是故意撞人。不能确定是故意，半道换牌照，不管牌照先真还是先假，就全都不存在。不存在换牌照，也就不能确定那辆京牌车跟汽车修理店修的那辆车是同一辆。林必成的调查陷入迷途。

“哦，对了，再去村里打听一下，跟人家问问，挂京字牌照那辆车是不是一辆老式奥迪。”

林必成开着车原路返回，距离前边村子不远处时，林必成看见一辆车下马路拐进一条田间小路，接着那辆车眨眼工夫就消失在一望无际的玉米地里。林必成脑子里突然又冒出换牌照的事，猛然意识到，马路上不便换，拐进玉米地里换不会被人看见啊。林必成本想停车去玉米地里看看，但他没去。他觉着就算在那里换，装卸几个螺丝也不会留下任何痕迹。没想起仇人，脑子里又产生没换牌照的可能。接着，林必成一踩油门就过去了。

来到村里那间烟酒店，跟女老板打听，女老板告诉他，说她只看见挂着京牌和四个圈，其他一概不知。这个结果林必成提前就料到了，车子在眼前一闪而过，女人分辨不清老式还是新车，只看清奥迪标志这很正常，林必成又感到沮丧了。

“怎么办？下一步怎么查？”

“京牌车跟修理店那辆，两辆都是奥迪，时间上分析，两辆都有可能就是肇事车，究竟是哪辆？”

“把查到是一辆奥迪的情况告诉警方，让警方再调看一下各路口的监控录像？这次有了明确目标，重点查挂京牌的奥迪和老式奥迪这两种车，这样范围就小多了。京牌奥迪全市不会有几辆，老式奥迪全市也不会有几辆。如果那个时间，不管在哪个路口，只要有京牌奥迪或者老式奥迪通过，那十有八九就是肇事车，而且究竟是哪一辆也能确定了。可是，时间过去这么久，这些录像还有保存没有啊？一直找人家，人家会不会搭理？”

“怎么也得去试试。”

林必成从村里出来，直奔交警大队事故科。把情况告诉人家，接着就是等待人家查询的结果。

两天后，警方打来电话，说是那个时间，全市各个路口探头都没监测到京牌奥迪和老式奥迪通过。林必成失望之余赶紧又问，是不是给调一份全市所有奥迪信息资料，警方回绝了，说是这些信息属于私人隐私，不能给。不过，打电话的那位好心警察告诉林必成，建议他去某某路那家专修奥迪的汽修厂看看，或许那里能得到他需要的信息。

电话里好心警察一提醒，林必成马上也想到了，奥迪专修厂不是小店，客户修车记录肯定都在电脑里。车型、修理项目、客户取车电话号码，这些信息应该都有。没时兴4S店以前，甚至全市奥迪都应该在那里修或者保养过，林必成一阵兴奋。

挂掉电话，林必成开上车就来到了这家修理厂。

“请问，你们老板在吗？”

“老板有事出去了，你什么事？”

林必成进来修理厂大门，直接找到办公室，跟一个正在操作电脑的女孩搭上了话。

“出了一桩车祸，找不到肇事车，目击者看见是一辆老式奥迪，想麻烦您调一下你们厂这几年的修车记录，是不是给我打印一份？不知道您能不能做主？”

“白杨林那次车祸吧？”

“就是那次，怎么，您知道？!”

“你家亲戚不是买走了嘛，怎么你又来要啊？”

“我家亲戚？! 你把我搞糊涂了，我家亲戚什么时候来过？还花钱买走了？!”

一听那女孩提到白杨林，林必成本来就吃惊，又听到亲戚花钱买走了资料，林必成一头雾水。

“难道上次不是你亲戚?”

“你慢点儿说，究竟是怎么回事?”

“前几天来了一个男人，大约四十来岁，他自称是白杨林那次车祸受害者亲戚，说是为了查找肇事凶手想要一份老式奥迪的客户名单，我们这客户资料都是保密的，不能轻易谁要就给谁。再说，这几年有了奥迪4S店，我们这客户越来越少，厂子效益不好，老板就天天想着生财的门道，那个男人非说要，老板就让他出了五千元钱。”

林必成这次听清楚了，也突然明白了，这个所谓的亲戚就是骗他五千元钱的那个瓜子屎王八蛋。原来那小子把骗来的五千元钱花在了这，还扬言找到了凶手，居然是从这儿买到的客户名单里发现的。骗走五千元钱，那家伙再也没和自己联系。林必成正想知道他怎么找到的凶手，刚那女孩一说，林必成全明白了。

“那家伙是个骗子，不是我亲戚。”

“噢，是这样啊。”

“你看……”

“这不行，我做不了主，必须等老板回来再说。”

女孩一口回绝，林必成没感到意外。已经知道一份客户资料卖过五千元钱，再张口白要，人家女孩肯定不给，就算老板回来也肯定得花钱。记下女孩办公室电话号码，林必成转身走人。

一出修理厂大门，林必成突然接到娄云电话，电话里娄云说有急事要跟他当面谈。问清楚林必成在什么地方，娄云告诉林必成让他就在那家修理厂门口等，说他距那不远，马上就过来。

“发生什么事了？电话里不能说？”

林必成心里一边疑惑，一边把车拐到便道一棵树下。林必成从车里下来，点上一支烟，一边抽着烟，一边盯着道上过往的出租车。娄云开上岳大亮那辆老式奥迪，林必成还不知道。正望着路上哪一辆出租车是娄云搭的，这时候，一辆老式奥迪冲着他过来了。林必成看到眼前这辆老式奥迪，脑子里一个激灵，突然想起县城修车门市那辆奥迪。

“这……这不是……”

老式奥迪在林必成眼前停下，娄云从车里钻了出来。

“你……你娄云开谁的车?!”

看到车里出来的是娄云，林必成吃惊不小，他绝对没想到娄云开上了车，绝对没想到娄云开车过来，更让他没想到的是，娄云居然开的是一辆老式奥迪。也就在这时候，林必成想到了岳大亮有这辆车。

“必成，你怎么不认识了？你开过的，这是大亮爸爸那辆。”

“怎么大亮突然让你开?”

“你不要问了，如果不是这辆车，我还不来见你呢……”

林必成一听更是惊讶，越加对这辆车产生怀疑。

“究竟怎么回事？你告诉我，大亮他怎么突然把这车给了你开？”

“大亮说，都是老同学，关系不错，你必成有车开，说是我没车对我不公，这车闲着也是闲着，前些日子他说他修了修……”

“什么？！这车大亮刚修过？！”

一听到刚修过，林必成一阵眩晕，只感觉天旋地转，脑子跟爆炸了一样。与此同时，脑子里立刻想起了岳小亮，立刻想到岳大亮全知道了，立刻想起岳大亮由嫉恨变成恼怒，继而萌生杀机，立刻想到岳大亮就是他的仇人，立刻想到撞死自己妻子女儿的凶手就是岳大亮。接着，林必成颤抖着身子弯下腰，开始仔细查看车子前部。

“必成，钣金工原子灰漆过的，什么也看不出。”

“你娄云究竟知道多少？全告诉我。”

“我什么都不清楚，你别问，我跟你一样被蒙在鼓里，我来见你不是因为车祸的事……”

“那是什么？”

“必成，除了大亮，这辈子我娄云就跟你关系最好了。今天是个机会，我得给你说说心里话。我跟罗明珠结婚这么几年，一直没孩子，现在想想没孩子倒好，用不着牵挂了。唯一牵挂的就是罗明珠，虽说我跟罗明珠没有爱情，跟她过这么几年心里还是有她的。她跟了我这几年一直没过上好日子，而她也一直没抱怨过我。我心里总是觉着对不住她，觉着对她有愧，欠她很多……”

“怎么了？娄云，发生什么事了？”

“我说你听，好不好？”

“那你说。”

“今天没别的意思，万一我有什么不测，剩下罗明珠孤零零一人，她有难处时，和你提出来，你一定得帮她。”

“娄云，究竟发生了什么事？好好的，你怎么说这话？你有什么不测？刚你还说跟我关系最好，怎么就不能说呀？”

“不是跟你这关系，我肯定一句都不会跟你讲。”

“你不说，我说，我问你，我老婆女儿是不是岳大亮撞死的？”

“不跟你说了嘛，我什么都不知道。”

“是你俩干的?!”

“你必成要是这么认为，我娄云没话，要说的都说了，拜托你了。”

林必成拽都拽不住，娄云钻进车里，打着火，猛踩油门，车子一阵轰轰声拐上路，消失在林必成视线里。

留下林必成愣愣地站在原地，眼睛一直望着娄云消失的那个方向。

“究竟发生了什么？娄云杀人了？杀了谁？”

“是不是瓜子屎那个家伙？”

“那家伙知道了凶手就是岳大亮，所以勒索岳大亮？然后岳大亮让娄云干掉了他？”

“杀人这么大事，让娄云去，他就去？”

“刚才娄云说，如果不是这辆车，他还不来见我呢，这什么意思？”

“干掉那家伙，跟那辆老式奥迪有什么关系？”

“那次车祸究竟是不是岳大亮干的？怎么娄云说他什么都不知道啊？”

娄云开过来那辆车，查看前部，林必成没发现任何维修过的痕迹。娄云说，原子灰漆过看不出，是娄云真知道内情，还是他也仅仅是怀疑？林必成突然想起，如果撞死自己妻子女儿的凶手真是岳大亮，那路上换牌照就顺理成章。想到这，林必成开车又去了县城那家汽车修理店。

“你说什么?！是个比我稍矮一点儿的胖子?！”

来到县城见着修理店老板，只一句话，林必成感觉五雷轰顶。

第26节　画画归来

市二中每年高考，美术特长班升学率总是排名全校第一。该特长班每年招三十来个学生，个个都能考上大学，而且考得最不好的也是二本以上。这一切全归功于美术班有个年轻的教课有方的贾老师。贾老师美专毕业，学历不算高，但贾老师能让这三十来个跟他哥们儿一样的大孩子在玩中学习。每年一到暑假，贾老师总是带他们去山里写生。贾老师连续几年去的一个地方，是穿过牤牛河那座铁索桥继续往山里走，再走二十来里路有个叫狼窝的小山村。小山村距离通汽车山路还有五六里崎岖小道，最近几年才通上电。贾老师选这里作为学生的写生点，是因为小山村里还保留着原始生活气息，有石磨、石碾子和石对臼，有套上小毛驴拉磨的磨道，吃水还是靠老一辈留下来的水窖，有老树，老树上有鸟窝，石头墙房子层层叠叠依山坡而建。观察老式门窗和那些雕花，哪一座房子都有上百年历史。在小山村，每一个地方每一样物件，都是学生写生的极好题材。最吸引贾老师的还不是这些，而是小山村随便能找到具有艺术形象，脸上布满斑马皱纹黝黑的老乡，这些一脸憨笑的淳朴模特，对学生写生和素描尤为重要。

在小山村待了二十来天，这帮学生个个都开心得不得了。今天早上，学生们把这些天画的作品，一张一张小心翼翼放进画夹，各自收拾好自己的生活用品，骑上自行车，一路上说笑着打道回府。

来到铁索桥，有个叫常征的男生，突然跟贾老师建议在这玩一会儿，画一画这座古老吊桥。常征一建议，三十来个男女生马上齐声应和。贾老师老早就想让学生画这座古桥，每年来这儿都忘，看看这会儿天才中午，学生也都带着食品，常征一说，贾老师随口就答应了。

自行车放桥上一边，学生们拿着画夹哗啦啦就来到了桥下。贾老师让学生散开，有远有近，各自找好自己的角度，谁跟谁都不要一样。那个叫常征的男生想画个远景，他来到桥下距离桥大约五十来米的那个小湖边。常征选好位置坐下来打开画夹才要动笔，另一个叫谭克的男生来到他身旁。

“常征，一会儿再画，天这么热，下湖里先洗个澡。”

“不洗不洗，我提议画桥的，不能我不画。”

“没说不让你画，一会儿就不行？”

“拉我干吗？你愿意下就下。”

“做个伴嘛，这里水深水浅不清楚，你游泳不是比我好吗?”

“人这么多怕啥? 你下，我在这看着你。”

让常征一起下湖，常征不为所动，谭克脱掉上衣，扑通一声扎进了水里。

高中两年，美术班里常征跟谭克最要好，两人也一起去游过泳。凭常征对谭克水性的了解，谭克下这个小湖游几个来回应该没问题。可是，谭克一扎下去居然没了声音。背对着小湖的常征突然扭过脸，发现湖面距他五六米的地方咕嘟咕嘟直冒泡。感觉谭克这时应该露出脑袋了，可是没有。常征马上意识到谭克可能被什么东西绊住了。这时，常征上衣没来得及脱，深吸一口气就跳下去了。常征扎进水里，头一下子就顶住了谭克，紧接着常征摸到谭克被绳子缠住了脚。常征想解开缠住谭克的绳子，可是，怎么也解不开。常征脑子里一闪，想踩到湖底把绳子连根拔出。这一踩，常征大吃一惊，常征感觉踩到一个软绵绵的东西。错开软东西，常征抓住绳子脚踩湖底使劲一托，绳子一松，谭克浮到水面。这时，常征一手推着谭克一手拉着绳子游到了岸边。解开缠绕在谭克脚上的绳子把他拖上岸，常征赶紧为谭克压胸实施人工呼吸，猛压几下，谭克突然喷出几口水，眼睛眨了眨胳膊腿也接着动了几下，总算没耽误时间，谭克脱离了危险。发觉谭克活过来，常征一屁股坐在石头上喘着粗气，眼睛盯着漂在岸边的那团绳子。

这时候，贾老师跟同学们都围过来了。

“怎么回事？谭克怎么了？”

“下水了，淹住了呗。”

“刚下来，就下水呀？这个谭克。”

大家七嘴八舌说着，贾老师来到常征身旁。

“常征，究竟怎么回事？”

常征不说话，头也不抬，猛伸出手抓住那团绳子就往岸上拖。等到那个软东西露出水面，包括贾老师在内，所有在场的人全都惊呆了。女生们吓得齐声尖叫，男生们个个目瞪口呆。

“是个人！”

“是个死人！”

常征拉出的那个软东西，外面裹着好几层不太透明的塑料布，绳子缠得结结实实，软东西下面鼓鼓囊囊一看就知道有好多块石头压在里面。

“谁这么狠毒呀？把人弄死扔到这湖里，不是谭克下水，还发现不了呢。”

“赶快报警！赶快报警！”

叫着喊着，有人提醒赶快报警，同学们全都伸手进衣兜摸手机。

报完警二十来分钟，警车就呼啸着过来了。警察来到现场，立即拉出隔离带，把学生们隔离在距尸体十几米开外的地方。接着就是拍照录像，打开塑料布，发现是一具男性裸尸，警察又在各个角度拍照。这时候，谭克也渐渐恢复，能说话了。在贾老师陪同下，警察仔细询问了常征和谭克事情经过，做过笔录，就让贾老师带学生离开了。

看到这么吓人的场面，同学们全都惊魂不定。刚才有说有笑的那种欢快气氛，瞬间在同学们脸上消失。再静下心来画那座古桥，或者欣赏这里的风景已经不大可能。贾老师一声招呼，学生们收拾好东西，三三两两嘀咕着上了回家的路。

警察这里，留下一位负责刑侦的老警官和一个小年轻继续在现场进一步寻找线索，其他人把尸体重新裹好抬上车，也都陆陆续续离开了现场。

“老刘，尸体都发胀了，有好几天了吧？”

其他人全都走后，留在现场的年轻警官小马跟老警官老刘搭上了话。

“发胀？你还没见过发胀的尸体呢，有的胀起来就跟一具人形气囊一样。一个身材瘦小的人变成一个大胖子，这种情况太多了。别的不说，胀起来一副肥头大耳双目怒瞪口唇外翻面目狰狞的样子，那恐怖的样子简直跟大头鬼没两样，看一眼吓得你这辈子就再也别想忘掉。根据刚才那具尸体胀的样子，我分析抛进水里最多不超过两天。”

“你不是法医，怎么这么肯定？”

“跟法医见得多了，这点儿知识还不清楚啊？先说手脚，咱活人手脚在水里泡时间长了，手掌脚掌会起皱发白，而手背脚背再怎么泡也不发白，是不是？”

“对啊，手背脚背怎么能泡白啊？”

“死人就能，尸体放进水里，首先就是手掌脚掌发白。超过两天，就出现手背脚背也发白了。刚才那具尸体没发现手背发白，所以被泡不会超过两天。而且超过两天，肯定胀得不是现在这样子。”

“这家伙是怎么被弄死的？没发现他身上有伤啊？”

“你看你，小马，还得学着点儿，刚塑料布一打开我就发现了，那家伙脖子上有勒痕。”

“这么说，是勒死的？”

“应该是吧，而且我发现是很细的勒痕，是不是钢丝就不清楚了。”

“这家伙要是被勒死，恐怕凶手不是一个人。”

“你看你，小马，又没这方面知识了。如果凶手早有准备，制作一个两头带柄能握住抓紧的钢丝，悄悄从背后勒住，那一个人就够了。不过，尸体抛进湖里四五米远，塑料布里还裹着那么多石块，这一人绝对干不了。如果这里不是第一现场，从桥上车里把尸体弄到这，一个人也是挺费劲的。”

“那你说，凶手有帮手？”

“不好说，有帮手的可能性大。”

“老刘，你分析，这里是不是第一现场？”

“是不是第一现场不是分析出来的，得找线索，靠证据说话。”

“脚下全是乱石，别说指纹，连个脚印也没办法拓出来，线索不好找啊。”

“不好找也得找，一个经验丰富的刑侦人员，在现场总会找到凶手留下的蛛丝马迹，就算这里不是第一现场，也会有东西留下，就看你查找得细不细了。”

老刘一边回答小马的问题，一边在拉出尸体的湖边乱石中仔细观察。发现地上有烟头，老刘从包里拿出镊子和小塑料袋，又拿出本子和笔，先在本子上把小湖的形状大致画了画，然后把捡到的烟头放进塑料袋，编上号，并在小湖图形上标出相应的位置。

“老刘，这小湖是个钓鱼的好地方，说不定这些烟头是这些钓鱼者扔的呢。”

“不管谁扔的，总之，这些烟头有可能是线索。通过烟头能知道是什么牌子的烟，烟头上有指纹，有唾液，把这些烟头检测分析，就能大致判断出来这里都是哪几类人。抽烟人基本都是抽同一个牌子，偶尔换牌子价钱也在一个档次上。如果怀疑某人是凶手，他抽的烟有咱这里捡到的，加上化验唾液，就基本能确定这个人是不是凶手。还有，凶手在这里抛尸，肯定心里惊魂不定，十有八九要抽烟，也十有八九会把烟头随手乱扔的。那些小心谨慎抽完烟掐灭放进兜里的凶手很少。”

接着，老刘让小马把那些丢弃在乱石滩上的矿泉水瓶饮料瓶也收集在一起。

“这些塑料瓶子容易落下指纹，这一点凶手应该知道，喝完水绝不会把空瓶子扔这里。”

“留着备用，如果不捡，突然想起来这些瓶子有用，很可能就捡不到了。”

小马从桥下到小湖边，又围着小湖找了一圈，最后找到十几个，放到了一起。

“老刘，刚那尸体一丝不挂，能确认他是谁吗？如果不能确定，就找不到他跟凶手之间的关系，没这种关系，我觉着即便找到这些烟头和这些矿泉水瓶子，根本就没有意义。”

“家里有个人几天不回来，家属肯定会报警……”

“刚那尸体发胀成那样儿，即便家属看着像，也不能百分之百确认。如果像你说的那种发胀成人形气囊的，家属就更辨别不清是不是他家人了。现在都说能查DNA，我有点儿不明白，没有这家伙以前的DNA样本，现在检测出他的DNA，怎么能确定他是谁？”

“你看你，小马，这点都不懂啊，可以查他孩子嘛。”

“这家伙要是没孩子呢？这家伙要是连老婆都没有呢？这家伙要是是他老婆雇人把他杀了呢？如果真是这样，几天不回家，他老婆肯定不去报警。如果真是这样，这起杀人案就不好查了。”

“小马，你说的这种情况也是有的……”

“肯定有，我觉得这起案子就是。老刘你想想，凶手为什么扒光他的衣服？肯定知道这家伙的家属不会报警。这样，万一尸体一两天内被人发现报警，或者自己从水里浮上来，咱们警察也只能当作一具无名尸处理。”

“小马，我告诉你，一些凶杀案，不是你想象的那么复杂，凶手作案也不是像侦探小说里那样缜密布局，只要咱们警察有责任心用心去查，案子一般都能破。就说这起，不管这里是不是第一现场，凶手肯定在一两天内来过这里，他不是天上飞过来的，很可能开着车来这里，如果是第二现场，凶手很可能是夜里过来的。那个时间，我们可以调各个出市路口的监控录像，还可以张贴悬赏告示寻找目击者。刚才包裹尸体用的塑料布塑料绳，凶手也很可能是最近买的，我们可以去卖这些物品的市场排查。时间还不是太久，根据卖的品种和量，这些店应该对凶手有个大概印象，凭这些信息画出人像在电脑里合成出照片，就可以跟那具尸体一起发出通缉告示。哦，对了，刚才那家伙的衣服……”

“就是啊，那家伙的衣服去哪了？”

“去找，很可能就在附近。”

说着，老刘带着小马开始找衣服了。两人先查看小湖周围有没有掀动石块的痕迹，衣服会不会埋藏在石块下面，没有。来到桥下，上下左右仔细观察，也没有。在桥下穿过，在上游滩头又找了一圈。接着又上桥攀到牤牛河岩石岸上茂密的树丛里，还是没找到。不过，这次在一个凹下去的沟里，发现一小堆燃烧过的东西的余灰，两人立刻蹲下来仔细查看。

“凶手把衣服烧掉了？”

“这家伙还真够狡猾，烧得还挺干净，没留下任何可掠出来作为证据的东西。”

“鞋子呢？腰带呢？腰带扣是金属的，总该不会烧没吧？”

“不管皮鞋，还是塑料鞋，这两样东西不应该烧得太烂的，金属腰带扣更不会烧烂，而且没烧烂的这些东西凶手应该不会带走，很可能扔在了周围。”

“还有钥匙，兜里的硬币，以及手机之类的金属物品，怎么都没有啊？”

“这些小东西十有八九扔在了湖里，先在周围找一找。”

老刘一说，两人立刻又在烧灰十米范围内仔细查找。结果，烧残的鞋，烧残的腰带，以及金属腰带扣和钥匙手机全没发现，却在一个灌木丛根部发现一片没烧坏的衣服碎片，两人立刻兴奋了。

碎片还没巴掌大，但清清楚楚能看出，碎片上两厘米宽的灰白条相间图案。

第27节　五十万元

“那家伙究竟是谁？为什么把他弄死？你怎么一直躲躲闪闪不告诉我？”

“不是不告诉你，一直觉得还是不让你知道好。”

“是不是跟必成白杨林那次车祸有关？”

“怎么会？你怎么往必成那儿想？”

一直憋在心中的这个疑问，娄云终于当面跟岳大亮讲了出来。去帮岳大亮干那件事的路上，娄云就一直问，岳大亮总是以那句“到时候就知道了”搪塞他。那件事干完，娄云又问，岳大亮还是拐弯抹角答非所问不正面回答他。当时夜里发现那家伙，背后实施攻击，直到把他弄死，那家伙死前一句话没说。娄云心里猜测着，那小子肯定勒索岳大亮，岳大亮答应给他钱，这才夜里来把他引诱到白杨林。那家伙手里肯定掌握着岳大亮的致命把柄，只有这一个理由，岳大亮才会对他下狠手。可是，究竟什么致命把柄被他掌握？娄云突然想到了林必成，突然想起林必成告诉过他悬赏的那个目击者。娄云脑子里立刻冒出岳大亮，冒出林必成曾经跟苏晚霞好过，冒出白杨林那次车祸凶手可能就是岳大亮。接着，娄云想到岳大亮给他车钥匙时，说他车子前些日子刚修过，时间上正好跟那次白杨林车祸吻合。又接着发现车子前部做过钣金，娄云大吃一惊，这更让娄云相信撞死林必成妻子女儿的就是岳大亮了。

“不是必成那件事是什么事？那你说，究竟发生了什么？”

“三年前那家伙绑架过小亮，当时给他十万元钱解决问题了。没想到三年后又来勒索我，扬言不给这次就对小亮下狠手。就这个原因，你清楚了吧？你如果不信，去问问苏晚霞。”

娄云一听就觉着岳大亮在扯谎，接着听到不信去问苏晚霞，娄云心里犯嘀咕了。岳大亮资产上亿，有人绑架他儿子应该有这种可能。还说三年前绑架过一次，这是第二次，如果绑架不是真的，岳大亮的谎话怎么能编这么圆，编得这么吻合？还有，当时交给自己钥匙，说车刚修过，那会儿是自己猛然意识到岳大亮撞死了林必成妻子女儿，完全是在主观意识驱使下，才感觉车子前部做过钣金，实际上车子前部有没有做过钣金，确实看不出来。更重要一点，怀疑林必成跟苏晚霞以前好，仅凭这一点，岳大亮就撞死他老婆女儿？别说林必成现在跟苏晚霞没那种关系，就算有，岳大亮也不至于下这么狠毒的手。故意撞死人，还不是一个，冒这么大风险，万一败露，岳大亮就完蛋了。再说，林必成老婆女儿跟岳大亮无冤无仇，怎么那么狠毒撞死人家娘俩？即便下狠手也应该是对林必成，绝对不是对他老婆女儿。想到这，娄云反倒不认为车祸是岳大亮造成的了。可是，娄云又一想，就算那家伙绑架岳小亮，怎么能这么干呀？这对岳大亮来说也是冒着杀人风险，难道他真的不担心暴露？

“你为什么不报警？”

“报警？我不能拿小亮的命去赌，我不能冒这个险。”

“你这么干，冒的险更大，一旦暴露……”

“娄云，你不要太担心，我都不怕，你怕什么？”

“我当然怕了，我常去那里钓鱼，说不定会被人认出来。”

“你不在警方怀疑范围之内，全市茫茫人海百十多万人，谁能认出来你？”

“那里钓鱼不是我一人常去，还有别人去那儿。曾经有过一次，跟一个钓鱼的聊起来，我告诉过他我在你集团上班。如果尸体浮上来，有人报警，警方肯定全市张贴目击者悬赏告示。那个钓鱼的看到，会不会怀疑我是凶手，接着去举报我？警方会不会这样想，为什么把尸体抛进那个小湖，会不会重点在钓鱼者圈子内查找凶手？如果真是这样，就算那个钓鱼的不主动去举报，警方会不会主动找到他？还有，那个钓鱼的跟另外钓鱼的很可能也有联系，万一另外钓鱼的把他提供给警方呢？”

“你说的这些都不存在，尸体绑得那么结实，等到被发现，肯定是多少年以后了。”

“大亮，不是我过分担心，有时候事就是那么巧。当时考虑距离铁索桥不远，牤牛河下游还有一个大湖，夏天游泳的都去那里，你一直说怕游泳者踩着尸体，坚持不放那里。可是，小湖那儿不是绝对没人下水，我在小湖那儿钓鱼时，就下去过。我都下过，其他钓鱼的呢？这几天，天这么热，万一有钓鱼的跟我一样也下去洗个澡，万一有山里的孩子过来跳下去呢？如果这几天赶巧有人下，尸体会不会被踩着？”

“小湖那里有两米多深是你说的，怎么能被踩着？”

“万一小孩子扎猛子下去呢？”

“没有万一。”

“不是说了嘛，有时候事就是那么巧。”

“娄云啊，你这是后怕作怪，男人办过的事不能后悔，要想着出现问题怎么去应对。实话说吧，你想到的这些我早就想到了。第一，不是你凭空想象的那么巧，这几天不会有人下水。就算有人下，踩到尸体的概率也是很小。第二，衣服扒得光光的，就算被发现捞上来，根本不能确定他是谁。这几天这么热，尸体在水里超过两天，就发胀得认不清是谁，紧接着就开始腐烂掉头发掉指甲，这样，就更难确认身份了。第三，衣服烧光了，衣兜里的所有东西，包括手机和我第一次留给他的那张字条，全处理掉了。这意思，能跟这家伙发生联系的一切线索，全部割断了。就算警方使用DNA确定了他是谁，也跟咱没任何关系，这你还担心什么？”

“塑料布和塑料绳你之前买的吧？警方会不会去这些市场排查？一旦有人对你有印象……”

“这些东西早就准备好了，不是在市里买的，警方难道因这两样东西，跑遍全中国去调查？”

“那家伙勒索你，他知道你是谁，你不害怕他把你告诉他家人？”

“应该不会吧？他一次次勒索我，后果他清楚。干这么坑天害人又冒风险的事，把握不好不但有进监狱去的可能，还会把自己的命丢掉。这么分析，他不可能告诉他家人，不可能让家人为他担惊受怕。家里老婆孩子还要过日子，一旦他们知道，强烈阻止他，那他就干不成了。”

“你别心存侥幸，这可说不准。”

“娄云，这样，真要有事，你全推到我这，我一人承担，话放给你，这你还怎么说？”

……

“娄云，这是一张五十万元钱的卡，你先拿着，以前答应过你跟必成股份的事，最近几天我就去办。一旦你俩有了股份，这集团公司就是咱三个的了。有我撑着，你不要有太多顾虑，该干什么干什么。”

“我想休息一阵子，调整一下，利用这段时间陪罗明珠上医院再检查检查。”

“那正好，我也有这个意思，去医院检查完，带上罗明珠去外面旅游旅游，散散心。”

帮岳大亮干了那件事，娄云一直惊魂不定，一直认为岳大亮拉他下水是有预谋的。岳大亮提前把他爸爸那辆车让他开，拿到钥匙还没两天，就让他开着那车去办那件事。解决掉那家伙，岳大亮又执意要把那家伙丢进自己常去钓鱼的那个小湖。娄云越想越觉得岳大亮故意陷害他，越想越觉得那起杀人案有意识让他一人扛着。既然岳大亮不仁，他娄云也不会有义。办完那件事，娄云暗暗拿定主意，自己一旦有事，立马和盘托出。可是，刚才岳大亮一句话，说是万一有事，全推他那儿。这话放给娄云，娄云反而觉着岳大亮不是那种人了。朋友有难，朋友不帮谁帮？娄云清楚，岳大亮最好的朋友就是他跟林必成。有人勒索岳大亮，岳大亮要干掉那家伙，岳大亮必须找个帮手。林必成老婆女儿刚出事，不能让他去，剩下的就只有娄云了。勒死那家伙，怎么把尸体处理掉，当时想着被发现越晚越好，不能就地埋在白杨林那里，如果埋在附近田间玉米地里，甚至不到秋收季节就会被发现，提前没找到一口深井，碎尸太恐怖也还得找地方掩埋，拉到山里扔进山沟树丛，距离山道停车地方不能太远，远了不好搬运不说，很容易被那些山坡放羊的摘山果的打野兔的发现，这些都是岳大亮提前想到的。最后想到了抛进水里，一个是牤牛河下游水面宽的那个大湖，一个就是铁索桥那个小湖。没选下游大湖的理由是，夏季那儿常有人游泳，而且湖边不容易找到水深的地方，更让岳大亮担心的是，半夜里车子开到那儿，天气那么热，说不定天不亮在那里就会撞见人，唯一合适的地方就是那个小湖了。尸体坠入两米多深的水里，如果没那么巧，只要夏季一过，那家伙就永远睡在了小湖底。

“这么分析，大亮也是被逼无奈。”

“可是，谁知道小湖那里会不会被人发现？谁知道会不会那么巧？”

娄云在公司住了两晚，第三天下午下班回到了家。

“怎么？你回来了？外边女人不要你了？”

罗明珠一见娄云进家，连讽带刺，娄云沉着脸坐在沙发上，点上一支烟。

“你怎么不说话？怎么了你？”

“明珠，我想了两天，觉着不能一直跟你闹别扭，那个女孩你喜欢就养着吧。”

“这是你说的啊，你可不能反悔。”

“你放心，我不但不反悔，还要想办法让你生一个咱自己的孩子。”

“娄云你……你怎么突然……”

罗明珠有些激动，说着说着，泪水就在眼眶里打起转了。

“明珠啊，咱俩结婚这几年，你对我不错，我娄云心里有数。你一直生不出孩子，我也有责任，我一直没好好关心过你。这两天想想，确实是我对不住你，是我太自私了。你那么喜欢孩子，作为你老公我没能理解你，我没能站在一个喜欢孩子的女人一个喜欢孩子的妻子的角度换位思考，这都是我不对。你农村亲戚抱来孩子，我跟你发火确实不应该。你那天说，一个家就应该有孩子，没孩子哪算个家。不是你那天哭着告诉我，孩子的事我还真没认真想过，脑子里一直认为有没有孩子无所谓。这两天我突然明白了，一个家没孩子确实不行。年轻时还不是太明显，岁数一大，人家家庭都儿孙绕膝其乐融融，咱孤零零两个大人，看着凄凉无助不说，有些该孩子干的活还得自己动手，邻里之间看着咱肯定背后会连连叹惜的。这还是正常情况，万一我有个病，万一我有个三长两短，身边没个孩子，留下明珠你一人，真发生这种事，我娄云就更对不住你了……”

“怎么会？娄云你怎么会有病？你怎么咒自己？好好的没病，怎么会咒自己有病？”

“我说的是万一。”

“没有万一，你不会有病，不要说了。”

“明珠，你农村亲戚那个女孩，你要好好养育她，你一定要对她好，你一定要好好培养她，把她当成你的亲生女儿，将来让她上大学。另外咱自己的孩子也要生出来，明天就去医院，能做手术就做，能体外受孕更好。先去咱这儿医院看看，如果没把握咱就去北京。我还是觉得现在科技这么发达，怀孕并不是多么的难。真要是有了咱自己的孩子，不管是儿子还是女儿，你更要对他或者她好，更要培养他或者她将来有出息……”

“娄云，你今天究竟怎么了？怎么听你这话不对劲？”

“没什么，就是想提前告诉你。”

“你去医院了?！你查出什么了?！”

“明珠，你什么都不要问，我就是担心突然有一天我有个三长两短。”

“查出什么了?！你究竟得了什么病?！”

娄云不说话，从衣兜里默默掏出岳大亮给他的那张卡。

“明珠，这是岳大亮给的五十万元钱，这个是密码，你拿着。”

罗明珠吃惊地瞪着眼睛接过那卡，手有点儿颤抖，同时，惊喜和害怕交错着在她心里盘旋。

“五十万元钱?！你娄云究竟得了什么病?！岳大亮为什么给你五十万元钱?！”

……

第28节　凶险构思

从县城回来，近于发疯的林必成首先想到了报警。可是，当他拿出手机手刚要按键时，突然怔住了。他觉着没抓住确凿证据，单凭汽车修理店老板那一句话，林必成不能百分之百确定肇事司机就是岳大亮。胖胖的比林必成矮一点儿的男人多了，天下着雨其他追尾的车也不是没有。岳大亮是林必成关系最好的老同学，进岳大亮集团公司工作，岳大亮不但安排林必成去了最吃香最有油水的采购部任经理，还答应给林必成股份，让他当副总，万一报警，抓错了岳大亮，这可就酿成大祸了。还有一点让林必成最担心，若警方去那汽车修理店求证，林必成不敢保证汽车修理店老板指认出岳大亮。

“肯定含糊其辞，肯定告诉警方大概像，警方凭这句模棱两可的话，会不会去抓岳大亮？”

“不行，必须找到确凿证据。”

林必成想到了那个目击者，想到那家伙五千元钱搞到的那个客户名单，想到那家伙一直不来电话，肯定从客户名单里找到了岳大亮，而且已经跟岳大亮接上了头。林必成决定先给那家伙打个电话，如果那小子还是不配合，他就把他手机号码交给警方。然而，林必成掏出手机拨过去，那家伙的手机居然一直接不通。

“真的换号了？”

“上次那家伙说过换号，怎么这么快就换了？”

“不对吧……”

林必成猛地一下意识到可能那家伙被杀了，接着就想到了娄云。

奥迪专修厂门口，娄云匆忙赶来见他林必成，像交代后事一样告诉林必成，以后老婆有难处请他多加关照。林必成突然意识到娄云有可能杀了人，至少感觉娄云干了跟杀人有关的事。看到那辆老式奥迪，林必成猜测着如果娄云杀了人，肯定跟撞死自己妻子女儿的事有关，根本没把他跟那个目击者联系在一起。接着林必成当面质问娄云车祸的事，娄云说他什么也不清楚，说他跟林必成全被蒙在鼓里。而林必成也不相信娄云帮着岳大亮杀死了他的妻子女儿。有了这个前提，加上刚才那个目击者手机一直打不通，林必成这才意识到，原来娄云跟车祸真的没关系。他杀的是勒索岳大亮的那个目击者，他替岳大亮干掉了那家伙。岳大亮提前把他爸爸那辆老式奥迪给娄云开，也是为这次预谋做准备。岳大亮想让娄云做他的替罪羊，林必成认为十有八九就是这样。

“这就对了，娄云吞吞吐吐不说，他杀了那小子，这秘密不能告诉我林必成。”

“可是，娄云怎么会替岳大亮干那种杀人的事呀？”

“跟岳大亮一起干的？两人作案时，岳大亮什么也没告诉他？娄云不知道那家伙是目击者？不知道那家伙找到了证据勒索岳大亮？这么分析，岳大亮自己干的那次车祸，娄云很可能真的不知情。”

“全部不告诉娄云，这种可能存在，岳大亮不能让娄云知道车祸真相。如果告诉他去杀的就是车祸目击者，不但作为车祸凶手的岳大亮会将自己暴露给娄云，娄云知道了真相却不去帮他，这是岳大亮最大的担心。在糊里糊涂的情况下，娄云被岳大亮拉着上了他的贼船。”

“不过，就算岳大亮不告诉娄云，杀人这么大的事，事办完，娄云肯定追问岳大亮。最终娄云会不会知道岳大亮撞死自己老婆女儿的真相？如果把自己调查到的全部情况告诉娄云，他会不会跟自己站一起，去举报岳大亮？肯定不会，一去举报，娄云就会连带着暴露自己。”

娄云这儿，林必成心想着不能指望他。

另外，林必成早就拿定主意，他不能去见岳大亮，见到他一提那次车祸肯定把他吓愣。没有确凿证据，岳大亮肯定也不会承认。撞死妻子女儿，已经不是老同学那种关系了，林必成不怕跟岳大亮撕破面皮翻脸。当面质问他，林必成担心岳大亮有了警觉毁灭证据。如果把那辆老式奥迪处理掉，以后抓他会增加很多麻烦。最要紧的是，岳大亮这个天大的秘密被林必成捅破，他无法跟林必成说清楚。就算抓不住他的确凿证据，暂时不能把他弄进监狱去，岳大亮肯定也会被林必成吓得恐慌不安，肯定认为林必成是个定时炸弹，说不定哪一天，他跟他那个集团公司会毁在林必成手里。已经干掉一个目击者，处于恐慌不安的岳大亮，下一步会不会对他林必成下手？如果捅破，有这种可能，林必成想到了，因此，林必成觉得自己不能见岳大亮，甚至拿定主意偶尔碰上他，也要装作没事一样。

“哎，对了，苏晚霞会不会知道？”

林必成一想起苏晚霞，眼泪就莫名其妙在眼眶里打转，他对苏晚霞满腹哀怨，他怨恨苏晚霞。妻子女儿出事以来，苏晚霞不但没看望过他，居然一次电话都没打来过。别说初高中两人好过那么久，别说白杨林那儿有过一次那种关系，就算作为老同学，也应该来看看他，可是没有。林必成现在孤零零一人，他多么想让苏晚霞来看他一眼啊，哪怕苏晚霞见到他只一句安慰话，林必成肯定会激动得跟泪人一样，可是没有。苏晚霞对他居然这么不够意思，林必成的心真有点儿凉了。反过来，苏晚霞一直不见他，一直不接他电话，他怨恨苏晚霞的同时，心里隐隐约约觉着岳小亮就是他儿子。那次带走岳小亮搞血型验证，最终没弄出结果，也没搞到苏晚霞和岳大亮的血型。这次岳大亮故意撞死自己的妻子女儿，肯定是因为岳大亮全清楚了。岳大亮甚至给儿子小亮做过亲子鉴定，确认了岳小亮不是他儿子后，这才对自己的妻子女儿下了毒手。刚才，林必成本想跟苏晚霞再联系一次，不接电话就直接去她单位，先跟她打探一下车祸的事她知道多少，如果苏晚霞确实不知，那就打探一下车祸那天下午岳大亮去了哪儿。搞明白这一点，就等于又抓住岳大亮一个证据。接着就向苏晚霞索要他们俩的血型，如果苏晚霞还是一口回绝，他就要挟她苏晚霞说他直接去找岳大亮。甚至告诉苏晚霞，见到岳大亮，当面跟他摊牌。可是又一想，林必成觉着血型没必要再验了，岳大亮既然下狠手杀死他的妻子女儿，他认为岳小亮就是自己的儿子。

“岳大亮啊岳大亮，你为什么对我林必成这么狠？你对我狠，我还对你狠呢。”

“岳小亮是我儿子，我还怕什么？”

“证据不找了，你岳大亮不是有钱吗？你不是在社会上人脉广吗？你不是能跟市领导说上话吗？找到证据不是也不会把你弄进监狱去吗？退一步，弄进监狱去你又怎样？弄进监狱去也不会把你枪毙，倒不如……”

林必成想干掉岳大亮，自从发现岳大亮就是撞死自己妻子女儿的凶手，杀死他的念头就一直刺激着林必成的脑神经。让岳大亮死，月亮湾集团公司就变成他跟苏晚霞还有岳小亮的了，这个更让他兴奋的念头也一直在林必成脑子里缠绕。岳大亮撞死自己的妻子女儿，林必成突然意识到这有可能是天意。自己的老婆女儿都死了，跟苏晚霞又有了亲生儿子岳小亮，林必成认为，顺其自然干掉岳大亮，也应该是顺应天意。

想到这，林必成再一次想起那个目击者。

“那家伙究竟死了没有？”

林必成又掏出手机打电话，那家伙的电话还是打不通。

“不用怀疑了，那家伙真的死了。”

“可是，怎么被弄死的？在哪儿干的？哪儿是杀人现场？尸体怎么处理的？藏起来了？藏哪儿了？”

“怎么对岳大亮下手？怎么能不留痕迹？”

“怎么能不被抓？怎么能不让岳大亮发觉？”

林必成想起几年前一次车祸，据说被撞死的还是一位前市领导秘书，这位市领导升迁省里，接着退休离开了领导岗位，赋闲在家没事，想来跟老部下叙叙旧。秘书听说老领导过来，就在某高档酒店摆了一桌，酒足饭饱送老领导上车。这位秘书说是离家很近，拒绝了任何车送他。参加宴会的人全都钻进车里跟他拜拜后，秘书一人摇晃着身子过马路，迎面一辆摩托车先把他撞倒，紧接着后面一辆轿车就从他身子上碾了过去，秘书当场死亡。时间大约是晚上十一点，路面灯暗人稀，肇事车仓皇逃逸，最终没找到凶手。想到这起车祸，林必成就想着把那位秘书换成岳大亮，有一天把他灌醉，扔他到马路上让车把他撞死，就算找到肇事者，也跟他林必成没任何关系。

“不行不行，那次秘书被撞死纯属巧合，就算有一天把岳大亮灌醉，也不能把他扔在马路上不管，他真被碾死，警方一调查，很快就会找到我林必成。何况岳大亮躺在马路，第一，不会那么巧过来一辆摩托车先撞倒他，第二，后面过来的小轿车也不是都跟碾死秘书的那辆不长眼。总之，这种人为制造喝酒杀死岳大亮绝对不行。”

否定跟岳大亮一起喝酒杀死他，接着，林必成想到了下毒。

“毒怎么下？往哪里下？”

“去他办公室谈工作，冷不防把毒放他茶杯里？”

林必成觉得还是不行，一旦岳大亮被确认服毒死亡，在找不到遗嘱不能确定自杀的情况下，警方就会对去他办公室的人一个个展开排查。一调查杀人动机，三两下就能找到他林必成。

林必成胡思乱想中，突然想到了嬴丽。

“这个嬴丽，究竟跟岳大亮有没有那种关系啊？嬴丽年轻漂亮，两人办公室门对门，岳大亮是个大老板，那么有钱，难道嬴丽对他没一点儿意思？反过来，岳大亮仗着自己有钱，天天看着他亲自选中的这个年轻漂亮的助理，他真的对她没动过手动过脚？虽说没被发现，两人的关系肯定说不清。”

林必成臆想着嬴丽跟岳大亮有那种关系，臆想着他们俩在一起时岳大亮突然死掉。臆想着他们俩外出度假，林必成跟踪他们俩到一个旅馆，趁白天人不在，偷偷溜进房间，把毒放进牙膏里，或者抹在牙刷上，制造两人殉情自杀的场面。

脑子里产生这种臆想，林必成马上又否定了。跟踪岳大亮不可能，白天溜进旅馆房间走道都有探头也是不可能。还有，毒到哪去弄？能搞到的比如农药、除草剂、灭蚊剂或者耗子药之类，这些东西有颜色、毒性小，使用量必须大，而且还有浓烈气味。抹牙刷上放进牙膏量太少不可能毒死人，放进茶杯里岳大亮别说看，闭着眼一闻就发现了。林必成认为，如果下毒，如果往牙刷上抹，搞不到无色无味一丁点就能置人死地的氰化钾，要毒杀岳大亮就等于没戏。

接着，林必成又想起某外国电影里一个情节：一个男人被一个女人缠上，男人怎么也摆脱不掉她，于是就想把她杀死。有一天男人乘上女人车，谎称想去某个港口看看大海，女人开着车到了港口边缘，刚想停下来，男人突然伸手打方向盘，车子栽进了大海，男人把女人弄死，自己逃出水面。

林必成想，有一天也邀请岳大亮去一个有水的地方玩，也乘上他的车，到有水地方，也突然伸手打方向盘让车子冲进水里。自己水性好，在水里把岳大亮弄死，自己逃出来。这种结果面对警方，如果自己闭口不谈自己妻子女儿的车祸，就不会被任何人怀疑他是蓄意谋杀。反而，警方调查出岳大亮撞死自己的妻子女儿，有继续杀死他的动机。而且岳大亮开着自己车，顺理成章，就会把岳大亮当成凶手。退一步，就算不把岳大亮当成凶手，至少警方不会怀疑自己，分析原因，警方肯定把汽车冲进水里看成一次意外。

“可是，邀请岳大亮去哪里玩？哪个地方有像港口那样的水面？”

铁索桥下游那个大湖，林必成去过不止一次，湖周围没有小汽车能冲进水里的路。再往山里走，倒是有个清凉水库，水库大坝可以走车，车子可以从大坝冲进水里。林必成觉着还是不行，清凉水库距市区将近百十公里，林必成心里没底，他找不到一个能让岳大亮自愿去那儿的借口。

“最要紧还不是找不到借口，去了大坝，车子冲进水里，弄死岳大亮，谁知道会不会有突发情况出现，万一自己逃不出怎么办？还有，万一弄巧成拙，岳大亮把自己弄死，他逃生，那自己简直就是找死。而逃出水面的岳大亮马上报警，说自己谋杀他，警方很可能信以为真，那自己就等于白送一条命。”

“不行不行。”

林必成不能冒这个险，在水里害死岳大亮的想法又否定。

“最好的办法，是夜里把岳大亮约到一个偏僻的地方，在后面冷不防勒死他，接着把尸体掩埋掉。”

“可是，半夜里把他约出来，约到一个能杀死他的地方，这怎么可能？”

接着，林必成又想到了那个目击者，那家伙掌握岳大亮致命秘密，想让他什么时间出来，岳大亮不敢说不。这意思，林必成手里必须有岳大亮一听就害怕的东西，岳大亮才能乖乖听他的。”

“手里不是有吗？撞死自己的妻子女儿，岳大亮一听肯定吓破胆。”

“不行不行，岳大亮一听是我林必成，肯定心里就有数了。半夜三更约他去一个偏僻地方，他肯定不去。这怎么办？有没有变声器啊？这样就可以伪装成另一个目击者了。”

最后，林必成想到了短信，想到了换个手机号码给岳大亮发短信，不跟他讲话，如果他打来就给他挂掉，这样，就再也没有任何担忧了。

关于干掉岳大亮的凶险构思，林必成终于感到满意。

“君子报仇，十年不晚，不能马上行动，怎么也得等个一年半载，马上行动就算不暴露，也会引起警方怀疑。更要紧的是，万一苏晚霞产生怀疑，月亮湾美食集团公司弄不到手，以妻子女儿两命代价换岳大亮一条命，那就太不值了。”

第29节　条纹汗衫

铁索桥小湖发现尸体的第二天，报纸上刊登了一则无名尸体认领启示，启示特意说明现场找到一块烧剩残留的灰白条纹上衣碎片，可能死者上身穿一件灰白条相间的T恤。

启示登出的同时，市公安局刑警大队负责调查本案的老刘和小马，分别向各派出所打电话，查询最近有没有失踪市民家属报案。最后找到一个失踪时间和特征与死者相近的失踪者。查询记录，报案的是一个四十来岁的女人，是环卫处清洁工人。老刘和小马赶紧和那女人联系，将情况告诉她，让她马上去殡仪馆辨认尸体，那女人一听就哇哇大哭起来。

来到殡仪馆，女人看到冷柜里肿胀的尸体，一句话没有，上来又是一阵哭。

“我的人啊，聚宝盆啊，孩子没爹，我没人啦……”

……

“别老是哭，先看看是不是你孩子他爹。”

等到女人哭过一阵，老刘上去劝，老刘一说看看是不是孩子他爹，女人止住了哭声。

“你看看，是不是？”

“脸发那么大，看着不像他了，头发有点儿像。”

“他是什么发型？”

“头发往后梳，是个大背头，就是头发有点儿像，脸盘子五官我真的看不出是他。”

“脸上身上有没有胎记什么的？痣啊疤痕啊这些？”

“没有痣，也没有胎记，孩子他爹不爱找事，疤痕什么的更是没有。”

“最近他穿什么衣服，这你应该知道吧？”

“上边穿一件道道汗衫……”

“什么道道？颜色能说清楚吗？”

“是不是……”

小马马上插嘴，老刘在后面捅小马一下，不让他说。

“尸体被发现的时候什么也没穿，你描述一下你男人穿什么衣服，什么颜色，我们再做进一步调查。”

“是啊，我们现场没找到衣服，你先说一说汗衫道道颜色。”

小马领会老刘意思，马上改了口。

“道道说白不白，说灰不灰，汗衫穿好几年了，说不准是什么颜色。”

找到的那片烧剩的上衣碎片，确实是说白不白说灰不灰的颜色，女人一说，老刘心里有数了。

“你男人几天不回家了？”

“三天还是四天，我记不清了。”

“看你记录，你是昨天下午报的案吧？”

“本来想早点儿报的，一直觉得他会回来，他几天不回来这也不是第一次。”

“你男人是干什么的？”

“他早就下岗了，今天在这干，明天又换个地方，究竟干什么在哪干，他从不告诉我。”

“不对吧？连你男人最近干什么在哪干，你是他老婆，都不清楚？”

“他真的不给我说。”

“你男人是不是没有正当职业？靠在外面骗人干坏事……”

“不是不是，他没干过坏事，他是个好人。”

“我问你，你男人究竟有没有正当职业？”

“他在常青路钢件厂当门卫。”

“这你不是知道吗？怎么一直吞吞吐吐不说？”

“是个临时工，几天前他不干了。”

“几天前？”

“五六天了吧。”

“为什么不干了？什么原因？”

“你们别问我，我什么都不知道。”

“他手机号码你不会不知道吧？你说说。”

“……手机号码？”

老刘一要手机号码，女人躲闪着眼睛怔一下后反问。

“是啊，说一下你男人手机号码。”

“……他没有手机。”

“没手机？这个年代谁能没手机呀？你谎话讲得也太糟了，查你报案记录，你是用手机打的，你都有手机，你男人怎么能没有？”

“他以前有，交不起电话费，早就停机了。”

“我们要的是号码，跟停不停机没关系。”

“我记不清了。”

“拿出你手机我们自己看。”

“我不会储存，号码不在我手机里。”

“拿出来看看。”

“不在就是不在，你们当警察的不能这样逼我。”

说完，女人又哇哇大哭起来。

“你听着，这具尸体是不是你男人，现在还不能确定，你先回去，等我们确定尸体的身份，我们再通知你。”

老刘跟小马一招手，两人出来殡仪馆乘上车，直奔常青路那个钢件厂。

“你真行老刘，怎么我就没想到手机号码？”

“按说这些技术上的事，你们小年轻更应该比我知道，你没想到，是你没单独办案的经验。看来这案子好破了，一查这女人和男人的手机记录，凶手很快就能找到。”

“那女人肯定知道她男人的手机号码，我就是搞不懂，她为什么不说？”

“你傻呀？她男人肯定干了坏事，说不定她男人敲诈凶手，凶手这才杀了他。”

“女人知道号码，你为什么不吓唬她，让她说出来？”

“她是个扫马路的，男人是个门卫，一个最下层的贫民家庭，男人突然又被杀了，多可怜哪！她不愿说就不说，逼她太狠也不忍心，何况想知道她男人的手机号码，问熟悉他的人问谁都能问出来。”

两人来到那个钢件厂，直接去了老板办公室，老板说有这么个人，这人叫魏前峰。老板把六天前半夜里发生的那件事讲了出来，还说他当时就觉着这个魏前峰有点儿不对劲。平时对他点头哈腰，那天夜里突然对他那么凶，说一句老子不干了，就再也没来上班。接着，老板把魏前峰在他厂子上班几年，平时爱摆个棋谱赚点儿小钱，还把他下班后干的那个压3压8骗人的把戏，通通告诉了老刘和小马。

“这么说，这个魏前峰还真是个游手好闲的家伙？”

“不过，在我这干这几年，还是挺守规矩的。”

“那天夜里他对你那么凶，你感觉他哪儿不对劲儿吗？”

“好像跟马上就有钱了一样，不过，这只是我的感觉，究竟发生了什么事，我不清楚。”

“能不能提供一下他的手机号码？”

“我没他手机号码，平时他上他的班，跟我没联系，我可以给你们问问。”

拿到魏前峰手机号码，老刘和小马直接去了通信公司，亮出证件，说明来意，通信公司技术人员马上激活后台查寻功能输进魏前峰的手机号码。其结果，让老刘和小马感到吃惊。两人谁都没想到，魏前峰这个号码居然六个月没有任何通话记录。

“怎么回事？怎么会没有？”

“难道这家伙真的好长时间没使用手机了？”

接着，技术人员又查了魏前峰的缴费记录，记录显示，该号码一直缴费。

“这种情况……”

“有黑客从服务器删除了，现在网络高手多的是，网上一些商业调查公司专门雇用高手干这个，凶手只要把钱打他们账上，其他就什么都不用管了。”

不办这个案子，老刘还真不知道，小马也是第一次听说。

“能不能恢复？”

“这个……恐怕办不到。”

两人一听全没话了，查不到魏前峰的通话记录，只好走人。

“老刘，这次长见识了吧？”

“怎么会这样？”

“这还不清楚？那家伙肯定勒索过凶手，两人肯定有过通话。凶手不是白痴，能调出通话记录有手机的人谁都知道。如果不把记录删除，一旦尸体被发现，从失踪报案线索里查，很快尸体就能跟失踪者家属对上号。尤其利用DNA技术，就算找不到那上衣碎片，就算尸体在水里泡烂泡臭，死者也能很快确认身份。知道了是谁，查他手机，马上就能知道凶手是谁。这么简单的道理，凶手怎么会想不到啊？可以说，如果凶手不清楚或者没把握删除通话记录，他就不敢对勒索他的那个人下手，是不是这样？”

眼看着就要抓到凶手，线索突然断了。

老刘抓耳挠腮想不出办法，小马建议再去见见那个女人。

“那女人居然连他男人的手机号码都不肯说，她肯定知道内情。”

“知道什么内情？”

“她男人勒索凶手，这个叫魏前峰的肯定知道凶手是谁，能不告诉他老婆？”

“人都被凶手杀死了，他老婆如果知道，能不告诉咱？她愿意让凶手逍遥法外？”

“那她为什么躲躲闪闪不说？”

“她有顾虑，魏前峰没告诉她勒索了谁，很可能魏前峰把以前勒索的钱给了她，她躲躲闪闪不告诉咱真相，是担心说出来咱把钱收走。钱究竟有多少不清楚，万儿八千的对这个家庭也很重要。”

“那你的意思是不去见她？”

“去了没用。”

“那咱下一步怎么查？”

“下一步怎么查可就难了，通往山里那条路，出市路口有监控探头，但是车辆太多。关键是穿过那个路口向西去的那条大路，半道拐进铁索桥向北那条山路时，那个丁字路口没有探头，这就不能确定哪辆车去了铁索桥。这样，排查起来就要费老大劲了。还有，如果铁索桥小湖那里就是案发第一现场，如果凶手不是开着车去，或者开着车躲开探头路口从别的小路绕过去，那就更难排查了。”

“老刘，你不是说通过排查塑料布和塑料绳，也能找到凶手吗？”

“我说的是有可能，不是也能。”

去市场排查老刘心里没底，既然小马提醒，老刘觉着不能放过任何能找到线索的机会。

小马开着车正驶向市场，老刘突然接到局里一个电话，说是一家汽车修理厂看到那则认尸启示，怀疑前几天去过他们厂子的一个人就是死者。问清楚厂址，两人火速来到了这家奥迪专修厂。

“你说什么？死者跟白杨林那次车祸有关？”

专修厂接待老刘和小马的是办公室的一名女孩，女孩一开口，老刘就觉着有戏了。

“是啊，这个人来我们厂两次，一直缠着我们老板打听有没有一辆老式奥迪在我们厂修过。他说他是那次车祸受害者的亲戚，打听老式奥迪说是为了查找肇事凶手。如果这个人真是受害者亲戚，那我肯定不给你们打这个电话。过了没几天，又有一个人来询问老式奥迪的事。后边这人一听有人来过，他告诉我那家伙是个骗子，不是受害者亲戚。说实话，光看报上的照片，我根本认不出这个人，下面文字说他大概穿一件灰白条相间的T恤衫，这我才突然想起这个人，那天这个人就是穿一件灰白条相间的T恤衫。因为提前知道他是个骗子，看到报纸，我猜测这人肯定找到了车祸肇事凶手，有可能勒索凶手，凶手这才把他杀死。想到这，就给你们打了电话。”

“后来来的那人有没有告诉你他是谁？”

“是受害者家属。”

“这么说，白杨林那次车祸是一辆老式奥迪造成的？”

“车没在我们这儿修，我们不清楚。”

“被撞死的母女俩，女人老公是月亮湾美食集团公司的，有没有听说过?”

“好像女的在哪个小学是个音乐老师，她老公在哪儿工作我没听说。”

出来这家修车厂，老刘一脸兴奋。

“排查全市老式奥迪，说不定死的那家伙就是白杨林车祸的目击者。”

“还不如直接去见月亮湾那男人呢，他是受害者家属，来过修理厂，肯定他也知道了。”

“先确定肇事车是不是一辆老式奥迪。”

第30节　物证消失

在交警事故科的协助下，调出全市老式奥迪车主清单，其中一位车主叫岳志坚引起刑警老刘格外关注。岳志坚这名字好熟悉，老刘问问身边同事，同事还没说出来，他突然自己想起来了。这个岳志坚不就是月亮湾美食集团公司总经理岳大亮他爸爸吗？不会这么巧吧？白杨林那次车祸的受害者家属就是这个公司的员工，那个男人叫林必成，在集团公司任采购部经理。老刘觉得不会这么巧，清单上岳志坚那辆老式奥迪，极有可能跟白杨林车祸有关，集团公司总经理岳大亮极有可能就是肇事凶手。如果真是这样，林必成妻子女儿被撞死就是岳大亮故意所为。而在铁索桥小湖发现的那具尸体，根据奥迪专修厂提供的线索，根据条纹T恤判断，那家伙就是车祸现场目击者。杀死那家伙的，也极有可能就是岳大亮。可是，岳大亮为什么撞死林必成的妻子女儿？他的杀人动机是什么？接着，老刘和小马开始了外围调查。

走访月亮湾员工，了解到林必成不但跟岳大亮是老同学，还跟他老婆苏晚霞也是老同学关系，而且林必成还是苏晚霞的初恋对象。这下有眉目了，虽然对他们三个之间的纠缠不清楚，但岳大亮杀人动机属于感情纠葛应该不会错。一切情况掌握后，老刘跟小马商量着决定，先见一见林必成。

“听说你去过那家奥迪专修厂？”

“呃，噢，去过，怎么了？”

刑警突然造访，林必成没一点儿思想准备。老刘亮明身份，简单说明来意，确认林必成就是白杨林车祸受害者家属后，就单刀直入问上了。林必成一听有点儿慌乱，不知道该怎么应答。

“这么说，你知道肇事车是一辆老式奥迪？”

“这个……”

林必成想说不知道，可又突然想起曾跟交警事故科的人提到过，他担心穿帮。

“究竟知道，还是不知道？”

“这个我不能确定，是一个目击者在电话里告诉我的，那人有没有说谎我不清楚。”

“有目击者给你打电话？”

“是啊，我自己张贴的悬赏启示，我悬赏最终找到凶手给五万元钱。可是，那个目击者非让我跟他一步一步算账。第一步提供什么车给多少钱，最后商定先给五千元钱。钱拿到手后，他这才告诉我是一辆老式奥迪，拿走五千元钱以后就再也没跟我联系。接着我去了那家奥迪专修厂，本想打听一下最近他们厂有没有修过一辆老式奥迪，意外听说那个目击者也去了那儿，而且花去五千元钱买走一张奥迪车修理客户名单，这我才明白那家伙不来找我的原因，他肯定从那张客户名单里找到了凶手，我知道的就是这些。”

老刘跟小马对视一下，接着又问。

“五千元钱怎么给的？你应该见过那个目击者吧？”

“那家伙不是好人，他不见我，他让我把钱藏在白杨林事故现场附近一个地方。钱放好，心里正想着在一边窥视他，他打来电话让我走远，不然他不会去拿钱，也不告诉我是什么车型，这种情况，只好听他的了。”

“你怎么知道那辆老式奥迪挂着京字牌照？”

“噢，是我在白杨林东边那个村口烟酒店打听到的，店女老板说是那天下着雨，有一辆奥迪从她门前穿过，挂着京字牌照，究竟是一辆什么型号的奥迪，女老板不清楚。”

“你们集团公司岳总有一辆老式奥迪，你不会不知道吧？”

“知道知道，他是有一辆，是他爸爸留下的，一直在他车库里放着，怎么？车祸跟他那辆有关系？”

“随便问问，既然肇事车是一辆老式奥迪，我们必须全部排查。”

“我们岳总那辆不是京牌，再说，撞死我老婆女儿的究竟是不是一辆奥迪，是不是一辆老式奥迪，那个目击者有没有跟我说谎，这些我都不清楚。”

“听说你跟岳总是老同学？你还是他老婆苏晚霞的初恋？”

“这就更不能怀疑岳总了，他对我很好，我在最困难的时候是他让我进了他的集团公司，还把我安置在现在采购部，他还答应我，过段时间他要提我当副总，这种情况，岳总不可能撞死我妻子女儿。”

“你妻子女儿极有可能是凶手故意撞上的，公司里有没有跟你过不去的人？”

“我自己遭遇这么大的不幸，有的话，早告诉你们了。”

离开采购部，老刘小马乘电梯出了月亮湾总部大楼。

“这家伙好像一直护着他们岳总。”

“岳大亮没有杀人动机，这就不好办了。”

“老刘，肇事车究竟是不是一辆老式奥迪，咱必须先搞清楚这个，那辆车撞死了人，前面总得有被撞坏的地方吧？先去查验一下他们公司那辆？”

“如果撞了人马上去修，这么多天了，钣金工使用原子灰，不容易看出来。”

“刚那姓林的提到，一辆京牌奥迪从白杨林东边村里穿过，是不是凶手去县里修的车呀？要不，咱去东边县里排查一下？”

“东边那么多县，真去修，谁知道去了哪个县？”

“说的也是。”

“走，再上去，见见他们岳总。”

老刘小马转身又进了月亮湾总部，直接来到了岳大亮办公室。自我介绍后，他们递上证件，简单说明来意，老刘又是开门见山切入正题。

“岳总，有关白杨林那次车祸，有目击者举报肇事车是一辆老式奥迪，我们例行公事，对全市这种车型做一次全面排查，据车管所登记，在你爸爸名下有一辆这种车，对吧？”

“有，有，怎么啦？这辆车跟那次车祸有关系？”

“现在还不能确定，我们想看一眼，排查嘛，总得看到车，我们回去局里也好交差，请你理解啊。”

“理解是理解，不过，这辆车现在不在，我们办公室娄主任开着去北京了。”

“噢，是这样啊，顺便问一句，娄主任一直开着你这辆车？”

“不不，这辆车一直在我车库里放着，前几天突然想起来，闲着也是闲着，再说，一直想着给办公室添一辆，办公室不比以前了，人手增加了，一辆车不够用，这就给了他们。”

“岳总，你还得理解，请问娄主任开上这辆车，你说的前几天，能说一下确切时间吗？”

“记不清了，大概一个礼拜吧。”

“他去北京什么时间能回来？”

“这个我说不准，他带着老婆去北京看病了，这样，他一回来，我马上跟你们联系。”

“那好，那就不打扰了。”

告别岳大亮，离开月亮湾大楼，老刘感觉这案子真的不好破了。

“老刘，他办公室主任去北京，是不是去处理这辆车？”

“我也有这个担心，甚至怀疑这辆车现在就没了。”

“你意思，那个娄主任不是去北京看病，而是去销毁那辆车？”

“目击者死了，这辆车是关键证据啊。”

“那咱怎么办？”

“走吧，小马，去东边县里排查。”

第31节　同一个梦

两位刑警离开后，岳大亮一拳头砸在办公桌上。杯子里的茶水倾了一桌子，早上赢丽放到桌上靠外边今天的报纸还没顾上看，也被岳大亮一拳头震落在地上。岳大亮刚要把脑袋仰在大转椅上，一眼看见茶水顺着桌子流过来，站起来就去拿毛巾。拿毛巾回来，顺手去捡地上报纸，岳大亮一弯腰，看到了报纸上那则无名尸体认领启示。这一看，岳大亮眼睛就瞪大了。

“这么快?！这么快就发现了尸体?！”

“怎么还找到一块上衣碎片啊？不是都烧光了吗?”

岳大亮顿时感觉天旋地转，狠狠地扔掉报纸，一屁股坐在了沙发上。

确定肇事车是一辆老式奥迪，即便毁掉或者卖掉，也能从东边县城那家修理店排查到他岳大亮。找到那块烧剩的布条，尸体身份很快就能被死者家属确认，接着就能搞到那家伙手机号码。至于花了钱，网上那家商业调查公司能不能删除通话记录，网上查看已经删除，实际上删除没有岳大亮心里没底。两起凶杀案只要破一起，岳大亮就得进牢里去。这时候，岳大亮预感到自己的大限，提前到来了。

“不能进去，早晚都是个死，死也不能进去，真相该告诉林必成了。”

岳大亮从沙发上站起来，把办公桌擦好，把桌子上的东西整整一下，看看房间没什么再收拾了，走出办公室把门锁好，告诉嬴丽他要出一趟远门，有事直接跟他老婆苏晚霞联系，没等嬴丽反应过来，岳大亮就匆忙告别她，离开了公司。

岳大亮开着车回到了家，家里没人，妻子苏晚霞上班去了，儿子岳小亮上学去了。岳大亮进了家，先是站在门边怔怔地扫视着整个房间，看到门厅鞋子挺乱，弯下腰一双一双摆好，看到沙发上报纸杂志横七竖八，也伸过去手整一下。来到儿子岳小亮房间，拿起桌上小亮的照片，深情地望了一会儿，又随手轻轻放回原处。从儿子房间出来，走进他自己跟妻子的卧室，站在床头望着墙上他跟妻子苏晚霞的结婚照，驻足了很久，转身来到妻子化妆台前，伸手拿起妻子常用的那瓶香水，放到鼻子边闻了闻，接着朝自己脖子后根猛喷几下，又慢慢放回原处。这时候，岳大亮鬼使神差拉开了化妆台抽屉，这一拉，岳大亮眼睛突然瞪大了。他发现抽屉里码着一沓A4纸打印稿，最上面一张打印着“爱你，藏在最深处——网上下载的一个女人的梦日记”，岳大亮翻开第二页正文，内容初看还真像网上下载的东西，可是，越看越让岳大亮吃惊，如果没看到铁索桥下娄云那些梦，岳大亮根本看不出这是什么。

第二页正文内容是这样的：亲，今天又梦着你了，又梦见你在那个吊桥下面的小河边钓鱼。这次这个梦真让我吃惊，你居然敢对我老公下手。亲，你真是疯了。不过，梦就是梦，事实上不是真的。梦里是这样的，你去了那儿，也把我约到了那里，究竟我是怎么去的那儿不清楚。梦一开始就是我跟你肩并肩坐在小河边，咱俩一边钓着鱼一边说着话。你突然告诉我说我老公就在附近，说我老公跟一个女人，两人在不远处山坳里一个度假村胡搞，说完，转眼不见了你。梦里你记性真差，等到你回来，看见我，你突然问怎么会在这儿，怎么会知道你钓鱼的地方，我说不是你约我吗？不是刚咱俩还在这吗，你不是带我来这儿好几次了吗，可你眨眨眼睛好像全忘记了。接着，你把你在度假村看到的那一幕告诉了我，说你到那儿，一眼就看到了我老公的车。你上楼进到房间，你看到我老公跟那女人偷情，你用手机拍了他们的照片，你还拿出来让我看。我连连摆手说我不用看，我早就知道他们俩胡搞，我还告诉你我老公不爱我了。接着，我就让你跟你老婆离婚，让你给我个离婚时间，最后你答应了。就在这时，我老公突然出现在咱俩面前，发现咱俩正在一起亲热，我老公上去就给你一拳头，你猛一躲闪，我老公一个趔趄栽倒在石头上。这时，你捡起一块石头就去砸他，那女人也号叫着冲了过来，我一把拽住了你。石头没砸着我老公，却砸在你脚上，疼得你“哎呀”直叫，你叫着叫着我梦就醒了。说来真是奇怪，我怎么会梦到这样的梦啊？白天没这么想啊？有一个疑问一直在我脑子里缠绕着，我做这个梦的时候，你在干什么？是不是同一时间你也跟我做了同样的梦啊？

岳大亮接着看第三页第四页，越看全身血越往上涌。

第四页没看完，岳大亮挺不住了，发疯似的拿出那一沓梦，手猛一挥，那些梦顷刻间飘散在房间上空。

“天哪！怎么会这样啊！我岳大亮办什么亏心事了?！老天怎么这样对我啊?！”

“我岳大亮心里一直爱着你苏晚霞，为了你我没动过嬴丽一根指头，为了你我没动过你苏晚霞以外任何女人一根指头，你怎么这样对我?！你怎么这样心里没我?！你心中怎么暗藏着这么多秘密啊?！”

“你不是一直爱着林必成吗?！你不爱他，为什么不告诉我?！”

“你为什么不爱林必成?！你为什么一直暗恋着这个娄云?！娄云哪里值得你爱?！”

“你让我怎么说你?！我不要命导演了这场戏，你把我的计划全打乱了！”

“天哪！老天哪！你法力无边，怎么就不长眼啊?！”

岳大亮痛不欲生，泪流满面地呼喊着。

突然，岳大亮止住了哭声，去卫生间洗把脸擦干出来，把洒落一地的那些梦，一张一张捡起来，一张一张整理整齐，又原样放回化妆台抽屉里。转身去镜子前照照，整整头发，整整衣服，最后又去看了一眼儿子照片和跟苏晚霞的结婚照，接着，跟往常上班一样，岳大亮一声不响离开了家。

路上，岳大亮给林必成打了个电话，告诉林必成说要跟他做个了断，还告诉林必成说他在铁索桥那儿等他，最后告诉林必成，说他如果不过去，就永远见不到他岳大亮了。

挂掉电话，岳大亮一踩油门，车子飞快朝山里开去。

第32节　诉说真相

两位刑警离开后，林必成正心神不定，正想着警方这么快就找到了线索，正想着该不该隐瞒自己的调查袒护着岳大亮，正想着让警察把岳大亮抓走还是以后自己私下了断，正想着以后私下了断随着时间流逝会不会淡化自己对岳大亮的仇恨。林必成正心里不知道怎么办才好，或者说对刚才对警察讲的那番话有些后悔，岳大亮来电话了。林必成一接，吃惊的同时，第一反应就是岳大亮想引诱他，想把他杀死。

“这是大白天哪，岳大亮胆子有这么大？何况自己是有准备的。”

“电话里还说要跟自己做个了断，这不是明着告诉我，不是他死就是我死吗？”

“还说如果不去，就见不着他了，难道岳大亮想自杀？”

“难道两位刑警离开，又去了他那儿？告诉岳大亮肇事车就是他那辆老式奥迪？”

“不是事情败露，他怎么会自杀？”

“如果岳大亮真自杀，那他那个集团公司……”

挂掉电话，林必成开上车，直奔铁索桥山里。

路上，林必成满脑子想着岳大亮怎么杀他，想着岳大亮带着刀子，想着岳大亮从背后勒住他，想着岳大亮冷不防用乙醚毛巾捂住他的嘴，先让他昏过去，接着套个塑料袋闷死他，把他扔进那个小湖。脑子里一幕一幕的场面闪过去，林必成也一个一个想着应对的招儿。最后，林必成想出一个稳妥办法，到了那里，不见到岳大亮不下车。甚至拿定主意，见到岳大亮也不下车，隔着窗子缝说话。

可是，车子开到铁索桥，情况完全跟林必成想象的不一样。

车停在桥边，林必成还没下车，就隔着窗子远远看见了岳大亮，看见岳大亮站在桥对面，看见岳大亮站在河对岸最高一处悬崖峭壁上，看见岳大亮面朝着他站在那里一动不动。

“岳大亮真想自杀？”

林必成知道，喊他岳大亮也不会下来。没办法，只好下车去见他。

“必成，你还是来了。”

林必成穿过桥，来到悬崖峭壁下面，岳大亮开了口。

“必成，你妻子女儿是我撞死的……”

“为什么?！你为什么那么狠毒撞死她们娘儿俩?！你说!”

“为了你，为了你爱着的苏晚霞，为了你儿子小亮，为了月亮湾美食集团公司，为了你们一家。”

岳大亮说出这话，林必成怎么也没想到，尤其提到“他”儿子小亮，林必成更是没想到岳大亮已经知道了。这话从岳大亮嘴里讲出来，小亮是他林必成的亲儿子不会有错了。岳大亮忍受着不但夺妻，而且妻子跟他林必成生子这种是人就不能容忍的屈辱那么久，居然声色不露掩藏那么深，还一直对他林必成那么好。此时，林必成不知道该宽容岳大亮还是继续仇恨他，不知道岳大亮该愧对自己，还是自己愧对他。

“必成，我得了癌症……”

“你……”

林必成一听岳大亮得了癌症，脑子里所有疑问全清楚了。

“一年前发现的，至今也没告诉苏晚霞。为了确切弄明白是不是，我去了北京，北京医生没有半点儿含糊，说我最长就是两年。经历过我爸爸的癌症，他也是去北京，医生说是两年，结果就是两年，算准确日子也就是医生说的两年多出七八天。加上熟人或者听说某某人癌症，加上网上查资料，我对这种病比一般人了解得更多。癌症是国际上攻关课题，通俗点儿说，一旦确诊癌症，谁都治不了。报纸上有时候说，某某医院某某专家某某医生能治，这种情况，第一，根本就不是恶性肿瘤，第二，根本就是摸准患者求治心切心理骗钱而已。还有就是改变某些饮食习惯，或者采取某种方式锻炼，癌症慢慢就会消除，这些才都是胡闹呢。化疗，不能说不管用，谁都清楚，杀死癌细胞同时正常细胞也跟着被杀死，人受的罪太大不说，把人搞得掉头发抵抗力极度降低全身无力三天两头感冒什么活都不能干就跟一个废人一样不说，最终还是逃不出死亡。我爸爸，我眼睁睁看着他受了那么大的痛苦，最后还是按照医生估计的期限走了。发现我患上这种病，一开始我就不打算治，这也是我没跟任何人包括苏晚霞讲的原因。”

岳大亮又接着说：“我没长三头六臂，老天不会眷顾我，期限一到我就会死。可是，我的月亮湾美食集团公司怎么办？癌症是你跟娄云没进公司前发现的，医生一判我两年，我就开始考虑公司的后事，我就想到了必成你。你跟苏晚霞好了那么久，不用问，你肯定还爱着她。于是，我就想着把集团公司托付给你，于是就把你，捎带着娄云弄进了我公司。之前你带走小亮，苏晚霞只告诉我是一个高个子男人，小亮被扎针的事她没说，是我背着苏晚霞问小亮知道的。分析出你跟苏晚霞在我们俩结婚前有过那种事，当时把我气成什么样你自己想吧。在我们结婚前几天你跟苏晚霞发生那事我就不能原谅你，你居然跟她弄出孩子，你居然还带走小亮验血，你这个老同学干的‘好事’超出常规，你欺负我岳大亮到了天理不容，你让我这个有头有脸的大老板丢尽了面子。既成事实的事，我不能跟苏晚霞大闹，更不能张扬出去。为了小亮，为了我们家，我也没跟苏晚霞捅破。接着，就发现我患上了癌症。如果不是患癌症，老实说，我还一直心存侥幸认为小亮就是我儿子。背着苏晚霞，偷偷带着小亮做了亲子鉴定，确认小亮不是我儿子那一刻，我差一点儿拿刀子去找你把你捅死。我冷静下来，心里反复想不能那么干。亲子鉴定是你进来公司以后做的，我再有一年不到我就死了，不能搞得满城风雨，我跟晚霞结婚九年怎么说我还是对她有感情的，我死了不能让她尴尬，不能让她背一个那样的名声。你爱着苏晚霞，小亮是你们亲儿子，还有我那个月亮湾美食集团公司，想来想去，倒不如想个办法成全你们这一家。那次车祸，让你没有了离婚麻烦，让你没有了除苏晚霞还有小亮之外的一切牵挂，剩下你孤身一人，你就会全心去爱苏晚霞，全心去爱你儿子也是我儿子小亮。”

接着岳大亮又说：“林必成，我的一片苦心你听明白了吗？那天下午去办那件事，我受到的煎熬痛苦你能体会吗？那会儿我全身血沸腾感觉血管就要爆裂，我犹豫着做还是不做，心都被揉碎了。最后，想到你跟苏晚霞干的那件事，我就再也没有犹豫。你现在都清楚了，你妻子女儿是我岳大亮撞死的，这会儿我知道你对我有仇恨，我知道你想杀死我。想杀死我你就上来，轻轻推我一下就解了你的恨……”

林必成站在下面望着岳大亮，一句话不说。

“你不上来是吧？你不上来我就要自己了结了。咱俩是老同学，咱俩多年来关系一直很好，最后我有几句话必须讲给你，我死后警方肯定会介入，牵涉苏晚霞跟小亮的事你不要对他们乱讲。我跳崖自杀的原因一是我患上癌症，化验单我留给了苏晚霞。再就是我杀了那个目击者，跟娄云一起干的，是我弄死的，娄云只是帮我搬运尸体，其他他什么也没干也什么都不清楚。我告诉娄云那家伙曾经绑架过小亮，这次又打来电话扬言绑架，我这才对那家伙下了手。不跟娄云讲也是不愿意你跟苏晚霞的事扩大范围，我死后面子事小，主要担心影响小亮的成长。小亮没有错，怎么说我岳大亮也养育了他八年，我还是爱他的。好了，不说了，往后你好好待苏晚霞，好好待小亮，好好管理月亮湾美食集团公司，我岳大亮就放心了。”

说完，岳大亮跳下了悬崖。

“大亮！你不要……”

就在岳大亮身子掉下去的一刹那，站在原地跟傻了一样的林必成突然喊叫着奔向悬崖。可是，当他攀上去朝下望，岳大亮已经跌落二十多米的河谷，俯身趴在乱石上一动不动了。

“怎么会这样啊?！老同学一场，怎么突然搞成这个样子啊?！”

“本来我说杀了你，你怎么不让我杀你啊？你怎么全是为了我林必成啊?”

“大亮啊，你为什么这样？你这样，我还能恨你吗?”

林必成攀着悬崖边，僵直的眼睛望着岳大亮。

第33节　惹祸上身

月亮湾美食集团公司总经理岳大亮，在铁索桥附近牤牛河河岸峭壁坠落身亡，该集团采购部林必成也在现场，正是他报的警。警察赶过来，负责调查本案的老刘和小马，首先对岳大亮自杀产生怀疑。林必成手里没有岳大亮死之前留给他的遗书，说是岳大亮患上癌症，化验单留给了苏晚霞。而匆忙赶到现场的苏晚霞见到岳大亮，悲痛欲绝几近昏过去的她，不但告诉老刘岳大亮绝不是患癌症，老公根本没有癌症征兆，化验单留给她之说更是荒唐，还发疯似的一口咬定害死自己老公的凶手就是林必成。没有任何证据，也没有任何人目击现场，林必成因为有杀人嫌疑被警方刑事拘留。

回到局里，老刘对林必成展开了审讯。

“岳大亮撞死你妻子女儿，你有杀他的动机。”

“我妻子女儿是被谁撞死的，我不知道。”

“你们之间究竟发生了什么？你怎么一直包庇岳大

亮?”

“我没包庇他，岳大亮对我一直挺好，他没理由，根本不会对我老婆女儿下那么狠的手。”

“我们都调查清楚了，你还不说?”

“我不清楚，让我说什么?”

“岳大亮怎么去了铁索桥那儿，你用什么办法引诱他过去，这你应该清楚吧?”

“是他先去的，他就是想去那儿自杀，有些话他要告诉我，这才给我打了电话。”

“他和你说了什么?”

“一年前他发现得了癌症，医生说他只能活两年，有他爸爸在先，他知道这种病没办法治，他告诉我谁也没跟谁说，包括他老婆苏晚霞，可他最后又说化验单留给了她。当时岳大亮声声诉说着，我没问，究竟化验单的事苏晚霞知道还是不知道我不清楚，或许岳大亮藏在了家里，让苏晚霞找找肯定能找到。”

“就这些?”

“噢，他还告诉我，让我帮着他老婆管理他那个公司，就这些。”

“我们听说，你跟岳大亮老婆是初恋关系?”

“这又怎样? 这能证明我杀了岳大亮?”

“能证明你有杀他的动机，这样，你就跟他老婆重温旧梦，还能把他那么大的集团公司搞到手。”

“你们不能凭空猜测，得拿出证据。现场很清楚，如果岳大亮不是自杀，我怎么能把他弄到那么高的悬崖上？”

“是你先在下面用石块砸死他，然后把他拖上去扔了下来。”

“天哪！你们怎么会这样臆想啊？”

“这不是臆想，你杀死岳大亮的动机十分明显。”

“这么说，如果苏晚霞找不到化验单，那凶手就是我林必成了？”

“化验单是你臆想出来的，你一直说岳大亮得了癌症没告诉他老婆，得了这么要命的病不告诉他老婆你这话谁信？又说岳大亮把化验单留给了苏晚霞，给了化验单他老婆还能不知道？这怎么能说岳大亮没告诉他老婆呢？你自己说话前后矛盾，接着你又说岳大亮可能把化验单藏家里了，你这故事编的漏洞不小啊！”

“岳大亮就是自己跳下去的，你们不能这样推理。”

“话还没说完呢，我们去你办公室走访，你话里话外一直庇护着岳大亮，你真正目的就是不想让我们抓他。他不死，你就侵吞不了他那个集团公司。那次车祸，你一直自己调查，你去了那家奥迪专修厂，最终你查到了肇事司机就是岳大亮，接着你就想亲手干掉他，再接着你就策划了这次所谓自杀，我分析不会错吧？”

“你们不能这样，岳大亮肯定是患了癌症，不然他不会自己跳下去，你们可以验尸。”

“验尸不是你说了算，得让他老婆同意才行。”

“那就去找苏晚霞。”

“你不是看到了吧？现场苏晚霞发疯似的确认你就是凶手，发疯似的一直说岳大亮不是患癌症，明显她不爱你了，或者她后悔了，这一点你可能事先没想到，验尸她肯定不会同意的。”

“天哪！怎么会是这个结果?!”

老婆女儿没了，剩下孤零零的自己，又被岳大亮的自杀冤枉。而苏晚霞居然不爱自己了，不但说她不知道有化验单的存在，还一口要死是自己杀死了岳大亮，如果苏晚霞真的找不到化验单，或者故意不去找，那自己就是杀死岳大亮的凶手。想到这，感到伤心欲绝的林必成，鼻子一酸，呜呜呜号啕大哭起来。

第34节　爱潮暗涌

与此同时，娄云和老婆从北京一回来，警察就把他带走了。仔细检查、检验那辆老式奥迪，警察已确定该车就是撞死林必成妻子女儿的那辆肇事车。审问娄云，娄云说，岳大亮交给他车子是在车祸发生差不多十天以后，车祸的事他什么也不清楚。负责审讯的老刘想起交车时间跟岳大亮提供的时间基本一致，这样，就排除了娄云跟车祸有关。接着，老刘提到铁索桥小湖那具尸体，直接告诉娄云那具尸体就是车祸目击者，娄云还是一口咬定他什么都不知道。

“尸体是8月5号中午被人发现的，尸检结果显示，被害人死亡时间不超过两天，初步判断，被害人是在8月3号夜里被人勒死抛进湖里的，你3号夜里在哪儿？”

“我想想……”

“今天12号，也就一个礼拜前，这么短的时间你不会忘记吧？”

“……3号那天晚上……我在我家。”

“谁能证明？”

“当然是我老婆了。”

“你确定？”

“我自己在哪儿，我还不能确定？”

“你那天晚上在家，都干了些什么？看电视？看的什么节目？打麻将？都是跟谁打？上网？上了什么网站？聊天啦玩游戏啦肯定电脑里有历史记录，就算你在家做家务，也得有个具体活，你不会下班一进家就躺倒睡觉吧？具体都干些什么你说清楚，我马上派人找你老婆核实。”

娄云那天下班一进家，看见老婆农村亲戚的孩子，就跟罗明珠吵起来，接着就说要离婚，再接着就是娄云拿条毛巾被去了公司，再接着就见到了岳大亮，再接着就帮他干了那件事。如果反悔告诉警察那晚他不是在家而是去了公司，肯定会引起警察怀疑。还有，自他去北京这几天，岳大亮一直没给他联系，尸体被发现了，岳大亮有没有被警察怀疑，警察有没有找他问话，他有没有供出他娄云，这些娄云心里全部没底。岳大亮现在是什么情况，娄云什么都不清楚。娄云去北京前，告诉老婆他得了一种病，路上老婆一直问他得了什么病，娄云闭口不说，帮岳大亮杀人那件事，更是没告诉他老婆。刚才娄云谎称那晚他在家，警察去家里一问，马上就会露馅。娄云没想到警察这么厉害，他觉着那件事不说不行了。于是，娄云承认了那天晚上，他跟老婆吵架后去了公司，在公司见着岳大亮，岳大亮什么都没讲只是让跟他出去办一件事。他开着那辆老式奥迪受岳大亮指挥去了那片白杨林，接着他发现岳大亮要杀人，那会儿岳大亮哀求他说他一个人干不了，还说不用他动手只让他帮助抬一下尸体。鉴于老同学关系，自己又在岳大亮公司干，他说自己到了那儿已经没退路了。又接着把岳大亮怎么勒死那家伙，怎么又把那家伙拉到铁索桥，怎么把那家伙用塑料布包裹好，放进石块绑结实，然后怎么放进小湖，一五一十全部讲了出来。

反复讯问调查后证实，娄云没有杀人动机。

随后，警方以胁从杀人罪，对娄云实施正式批捕。

在娄云服刑入狱后的一天，苏晚霞突然出现在看守所。看到她，娄云激动得泪眼模糊。

见到娄云，苏晚霞也泪珠扑簌簌滚了下来。

“娄云，都怪我，是我害了你，是我苏晚霞对不起你……”

“跟你没关系，我认了，你来看我，我真高兴，什么也不说了，大亮那么做，肯定是有原因的。”

“都是林必成惹的祸，都是那个王八蛋干的好事。娄云，你不清楚，是林必成啊，那个王八蛋不但害了你，他还把大亮推下了悬崖，居然还说大亮得了癌症，说大亮自杀……”

说到这，本来就满眼泪水的苏晚霞，呜呜呜哭出声来。

“晚霞，不说了，罗明珠全告诉我了，发生这么大的变故，不是你的错，你不要太过悲伤，以后还要过日子，自己的身体要紧。”

“除了大亮，你是我最好的老同学，我心里这么多怨恨，不跟你说跟谁说？”

“晚霞，有件事憋在心里很久了，一直想告诉你……”

等到苏晚霞止住哭声，情绪好一点儿，娄云鼓足勇气，想把他心里那个秘密说出来。

“我知道，我知道你想说什么，高中那次小树林突然停电，是你亲了我，我问过林必成，他说不是他，我又问了大亮，大亮也说不是他。他们俩都不是，就只有你了。可让我感觉奇怪的是，前段时间我做了个梦，梦见你在山里一个吊桥下面钓鱼……”

“你说什么？你梦见我?！还梦见我去山里钓鱼?!”

一听苏晚霞说这个梦，娄云大惊。

“是啊，梦里咱俩坐在桥下一个小湖边，我告诉你停电那次是你亲我一口，你居然说不是你……”

“天哪！晚霞你……你怎么也做了这样一个梦?!”

“怎么啦？娄云，你也梦到我了？”

“你接着说，梦里还发生什么？”

“娄云，高中的时候，你可能一直认为我爱林必成，今天我告诉你，其实我心里爱的是你。而我当初没对你表示，实际上怪我太爱面子，林必成人长得帅气还一直追我，我觉着林必成这个人能拿得出手。这就给你造成一个假象，你不敢接近我了。即便这样，我心里还是一直有你，一直在你和林必成之间权衡，糊里糊涂就高中毕业了，你始终没看出来，我也始终没给你表白。没给你表白还有一个原因，我不知道你爱不爱我。停电那次你偷偷亲我，我一直不知道是你。现在说这些，你可能不相信，这么十几年过来，隔三差五我一直梦到你就是证明。梦你的次数多了，就想把这些梦记下来，心想着哪一天有机会我一定让你看看。于是，就把那些梦一一记在了我上班的电脑里。刚才那个梦，梦里还发生了什么，我也输进电脑里记下了，而且把全部的梦都打印出来了，你自己看吧……”

苏晚霞翻出包包，把她记录的那些梦拿出来给娄云看。

刚才苏晚霞叙述时，娄云那个吃惊就让他一愣一愣。现在他看到那封面那张打印着几个黑体字：“爱你，藏在最深处”，娄云盯着这几个黑体字，泪水直在眼眶里打转。接着，娄云一个梦一个梦地看，看着看着眼泪就滚下来了。看到第三个梦时，娄云突然爆发哭出声来。

“娄云，你怎么啦?”

……

“究竟发生了什么?”

“晚霞……这梦……”

“是不是你也梦到我了?”

“岂止是梦到你，你这些梦跟我梦到你的全都一样，时间也一点儿不差。”

“天哪！怎么会有这种事?!”

“我那些梦也都记下了，是手写的，在家里担心被罗明珠看见，我把它藏在你梦里那个吊桥下了。”

“现实中真有那个吊桥?”

“是啊，就是山里牤牛河那个铁索桥，我常去那里钓鱼。”

“天哪！这究竟是怎么回事？你怎么会跟我做的梦一样？我暗里爱着你，你也暗里爱着我，难道咱们之间有一种信息相通?”

“晚霞啊，你怎么不早告诉我？你怎么现在才让我看到?”

“还说呢，你一个男人，为什么不早告诉我?”

娄云无法回答，心里的懊悔一涌出，眼泪又下来了。

“娄云，现在不晚，大亮不在了，今天我就是来向你问个清楚，问你是不是也爱着我。没想到你不但爱着我，还跟我一样，一直梦到我。既然这样，那就什么也不说了，等你出来，咱俩就结婚。我最后一个梦，在梦里一直劝你离婚呢，罗明珠不是一直说跟你离吗？现在你犯了罪，罗明珠肯定跟你离，依了她算了，你们俩又没孩子。”

“她怀上了。”

“什么?！她怀上了?！她不是怀不上吗？你们去了北京……”

“去北京做了体外受精，上次她来探望我，说她有了。”

“这……你不爱罗明珠，你跟她没感情，有了孩子就不能离了？”

“罗明珠对我不错，她也挺可怜。”

“可怜不等于爱，这样，你具体告诉我你那些梦放在哪儿，我找到你那些梦，让罗明珠看看。”

“这……”

知道了详细地方，告别娄云，苏晚霞打了个出租车，直奔山里的那个铁索桥。

来到铁索桥，下到桥下，按照娄云讲的具体地方找到那个石缝，拿开那块活动的石块，接着就把那个茶叶铁盒拿了出来。盒子一打开，苏晚霞就感到吃惊，盒子里不是娄云讲的一沓梦，而是只有一张折在一起的A4纸。把纸展开，有两张单子夹在里面，一张是岳大亮癌症化验单，另一张是儿子小亮的DNA亲子鉴定报告。看到两张单子，苏晚霞脑子嗡地一下惊呆了。

“这……这怎么会……”

接着，苏晚霞颤抖着手拿着那张纸读起来。

晚霞，一年前我去医院检查，医生说我患上跟我爸爸一样的病，期限也是两年。看到我爸爸遭受那么大的痛苦最后还是走了，我放弃了治疗。当时一听医生说我患上这种病，我遭到的打击就跟天塌了一样。我不能告诉你，我不能因为我这个病，让你在漫长的两年里天天受折磨。所以，我就把这个秘密藏在心底，表面上跟没事一样不让你看出来。想到了你以后，我想到了咱小亮以后，想到了咱月亮湾美食集团公司以后，突然我想到了林必成。林必成是你的初恋，你俩初中高中好了那么久，怎么说你俩之间的感情也不会因各自有了家而割断。三年前小亮在幼儿园门口被一个高个子男人带走，我背着你详细问了小亮，不但知道了就是林必成，还知道他抱着小亮去验血，当时我那个愤怒真想一刀子捅了他。我没有，想想婚后你跟林必成断绝了来往，这口气我忍了。我偷偷带小亮做了亲子鉴定，确认小亮是我儿子后，我原谅了林必成。没过多久，医生检查出我得了那种病，我就想到我死了晚霞你怎么办？儿子小亮怎么办？找一个男人会不会对你好？会不会对咱小亮好？多少个夜晚睡不着觉，翻来覆去想，一直觉着我死之后林必成是个最佳人选。尤其打听到林必成跟他妻子叶映红感情不是很好，更证明他心里仍然爱着你。仔细观察小亮，小亮长得确实有点儿像林必成，而林必成很可能认为小亮就是他儿子。有了这些前提，我对林必成就更放心了。接着就把林必成招进了公司，再接着就开始预谋我那个计划。

晚霞，看到这两张单子，你什么都清楚了，我干的事，犯下的罪，全都是为了你，为了咱俩的亲儿子小亮。没了我，希望你跟林必成重建一个新家，希望林必成对你好，对咱儿子小亮好，希望你们一家美满幸福，快快乐乐地生活，希望我这一片苦心你能懂……

晚霞，我走了，走之前我必须告诉你，我一直真心爱着你，一直对你很好，尽管我是一个拥有上亿资产的大老板，但我并不是有了钱心里就痒痒的那种男人。除了你晚霞，这么多年我没招惹过任何女人，没动过你之外任何女人一根指头。咱俩结婚不是偶然的，我岳大亮也是从初中到高中一直暗地里喜欢着你。校园小树林停电那次，林必成和娄云不知谁偷偷亲了你，可你永远不会知道，那会儿我也有那种冲动。脑子里闪出这个念头，还没来得及去亲你，就被他们俩其中一个抢了先，留下我这辈子一个最大的遗憾……

“大亮啊，我对不起你，是我苏晚霞对不起你啊！”

“你没留下遗憾，我苏晚霞不值得你爱啊！”

“结婚前几天我不该跟林必成……都怪我一时糊涂，

都怪林必成那个王八蛋啊……”

“你知道了这一切，你忍受着林必成给你的那么多折磨，你还坚定地爱着我，我苏晚霞真的没话了。”

“娄云藏在这里的那些梦你看到了，你知道了娄云一直爱着我。可是，你不知道我也一直暗恋着他。如果你看到我记下也爱着娄云的那些梦，尤其知道这么多年我也一直梦到娄云，还跟他做一样的梦，大亮你还爱我吗？我还值得你爱吗……”

“大亮啊，怎么好好的，你突然得这种病？”

“你患上这种病，为什么不告诉我？究竟为什么啊？！”

“这种病不是不能治，大亮你为什么这样傻？你为什么自以为是自寻短见啊？！”

“谁说外国不能治？你听谁说的？你究竟听谁说的啊？如果治好，这一切就都不会发生了。”

“患上这种病，你不告诉我，你怕我受煎熬，你为什么爱我这么深啊？”

“你一片苦心我苏晚霞懂了，你为了我，为了咱小亮，为了我们娘俩以后的幸福，你走之前，全为我们想到了，也做到了。可是，我不爱林必成，林必成让我伤透了心，我真的不爱他……”

苏晚霞伤心悔恨心如刀绞，泪水滴答滴答，全滴在了那张纸上。

这时候，突然有只山雀飞落在苏晚霞眼前，翠翘搔头望着苏晚霞啾啾地叫着，像是有话跟苏晚霞诉说。

“你想告诉我什么？你是不是想告诉我该不该爱林必成?”

“我该爱林必成，还是该爱娄云?”

“你说呀……”